君特·格拉斯
文集

Günter Grass
Werke

猫与鼠

Katz und Maus

〔德〕君特·格拉斯 著

蔡鸿君 石沿之 译

人民文学出版社
PEOPLE'S LITERATURE PUBLISHING HOUSE

著作权合同登记号　图字 01-2020-5873

Günter Grass
KATZ UND MAUS
Copyright © Steidl Verlag, Göttingen 1999
Chinese language edition arranged through
HERCULES Business & Culture GmbH, Germany
Simplified Chinese Copyright © People's Literature Publishing House 2022

图书在版编目(CIP)数据

猫与鼠/(德)君特·格拉斯著;蔡鸿君,石沿之译. —北京:人民文学出版社,2022
(君特·格拉斯文集)
ISBN 978-7-02-016369-4

Ⅰ.①猫… Ⅱ.①君…②蔡…③石… Ⅲ.①长篇小说—德国—现代 Ⅳ.①I516.45

中国版本图书馆 CIP 数据核字(2020)第 085391 号

责任编辑　欧阳韬
装帧设计　刘　远
责任印制　任　祎

出版发行　人民文学出版社
社　　址　北京市朝内大街 166 号
邮政编码　100705

印　　刷　北京盛通印刷股份有限公司
经　　销　全国新华书店等

字　　数　118 千字
开　　本　880 毫米×1230 毫米　1/32
印　　张　5.75　插页 1
印　　数　1—5000
版　　次　2022 年 1 月北京第 1 版
印　　次　2022 年 1 月第 1 次印刷

书　　号　978-7-02-016369-4
定　　价　58.00 元

如有印装质量问题,请与本社图书销售中心调换。电话:010-65233595

带来死神的猫与鼠的游戏(译本序)

君特·格拉斯是联邦德国著名作家,与诺贝尔文学奖获得者海因里希·伯尔并列为战后联邦德国文坛的盟主。他的诗歌、戏剧,尤其是小说,以荒诞讽刺的笔触描绘了德国的历史和现实,为当代德语文学立足于世界文学之林做出了重要贡献。

1927年10月16日,格拉斯出生在但泽(今波兰的格但斯克)一个小贩之家,父亲是德意志人,母亲是属于西斯拉夫的卡舒布人。爱好戏剧和读书的母亲使格拉斯从小就受到较多的文学艺术熏陶。格拉斯的童年和青少年时代正值纳粹统治时期。他参加过希特勒少年团和青年团,未及中学毕业又被卷进战争,充当了法西斯的炮灰。1945年4月,十七岁的格拉斯在前线受伤,不久就在战地医院成了盟军的俘虏。1946年4月,他离开战俘营,先后当过农民、矿工和石匠学徒,1948年初进杜塞尔多夫艺术学院学习版画和雕刻,后又转入柏林造型艺术学院继续深造,1954年与瑞士舞蹈演员安娜·施瓦茨结婚。

格拉斯最初是以诗歌登上文坛的。1955年,他的《睡梦中的百合》在南德广播电台举办的诗歌竞赛中获得了三等奖。格拉斯的诗集《风信鸡的优点》(1956)和《三角轨道》(1960)既有现实主义的成分,又受到表现主义和超现实主义的影响,联想丰富,激情洋溢,具有较强的节奏感。第三部诗集《盘问》(1967)政治色彩较浓,格拉斯也一度被称为"政治诗人"。

格拉斯几乎在写诗的同时也开始创作剧本。早期的剧作如《还有十分钟到达布法罗》(1954)、《洪水》(1957)、《叔叔,叔叔》(1958)和《恶厨师》(1961),明显受到法国荒诞派戏剧的影响。后来还有两个剧本,是《平民排练起义》(1966)和《在此之前》(1969),试图将戏剧情节变为辩证的讨论,力求揭示人物的内心矛盾。格拉斯自称这两出戏是布莱希特"从史诗戏剧发展到辩证戏剧"方法的延续。然而,《平民排练起义》却歪曲了布莱希特在东柏林工人暴乱期间的形象,因而遭到普遍非议。

在尝试了诗歌和戏剧之后,格拉斯又开始创作长篇小说。1958年,"四七社"成员在阿尔盖恩的大霍尔茨劳伊特聚会。格拉斯朗读了尚未完成的长篇小说《铁皮鼓》的第一章,受到了与会者一致赞扬,格拉斯为此也获得了该年度的"四七社"文学奖。小说以作者的家乡但泽以及战后的联邦德国为背景,采用第一人称倒叙手法,再现了德国从二十年代中期到五十年代中期的历史,揭露了希特勒法西斯的残暴和腐败的社会风尚。翌年,《铁皮鼓》正式出版,评论界对它倍加赞誉,称之为联邦德国五十年代小说艺术的一个高峰。小说很快就被译成十几种文字,畅销国外。联邦德国著名电影导演福尔克尔·施隆多尔夫根据小说改编并摄制了同名影片,公映之后,大受欢迎,并且相继获得了联邦德国最高电影奖——金碗奖、法国戛纳电影节最高奖——金棕榈奖以及美国电影艺术与科学学院最佳外语故事片奖——奥斯卡金像奖。

在《铁皮鼓》之后,格拉斯又在1961年写出了小说《猫与鼠》,在1963年写出了小说《狗年月》。前者通过回忆一个少年在纳粹统治时期的经历,讽刺了第三帝国对英雄的崇拜风气;后者将纳粹统治时期比作"狗年月",描绘出一幅从希特勒上台前夕至战后初期德国历史的画卷。

《铁皮鼓》《猫与鼠》和《狗年月》各自独立成篇,在内容、人物、情节、时间顺序等方面并无直接的联系。因此,评论界最初未将三者视为一个整体加以对待。作者对此曾经多次公开抱怨,并且在1974年这三本书再版时补加了"但泽三部曲"作为总书名。此后,越来越多的评论家注重对这三本书的整体研究,大多数人认为三者之间有着互相关联的内在联系:三部小说不仅有着共同的时空范围(二十年代中期至五十年代中期德国历史和现实以及但泽地区的地理环境),而且还有一些贯串始终而时隐时现的人物。更重要的是它们有着共同的主题:探索德意志民族为何会产生纳粹法西斯这个怪物;在艺术风格上,它们也有许多共同的特点,"代表了作家创作中的一个统一的发展阶段"。

六十年代中期,格拉斯热衷于社会政治活动,是社会民主党的坚定拥护者。1965年和1969年,他曾两度为社会民主党竞选联邦总理游历全国,到处发表演说。1972年的小说《蜗牛日记》追述了作者1969年参加竞选活动的经历和对纳粹统治的思索。格拉斯与社会民主党前主席、前联邦总理威利·勃兰特交情甚笃,曾经多次陪同勃兰特出国访问。1982年11月,格拉斯在社会民主党争取连任的竞选失利之后加入了社会民主党。

自1972年起,格拉斯潜心于长篇小说《比目鱼》的写作,1977年出版。这部长篇巨著通过一条学识渊博而又会说话的比目鱼和渔夫艾德克的奇特故事,从新石器时代一直写到二十世纪七十年代,诗歌、童话、神话和民间传说穿插其间,现实与历史相互交织,展现了一个光怪陆离、神奇虚幻的世界。评论家认为,作品的主题是表达对现实的厌倦,而作者则声称是要再现长期以来妇女在人类历史发展过程中被掩盖了的作用,探讨妇女解放的可能性。《比目鱼》出版之后在联邦德国引起轰动,第一版就发行了四十五万册,作者的版税收入高达三百万马克。1978年5月,格拉斯拿出《比目鱼》的部分稿酬在柏林艺术科学院设立了"德布林奖",以奖掖在文学上作出成就的青年作家。这项以他奉为恩师的德国著名作家德布林的名字命名的文学奖,是联邦德国作家设立的第一个文学奖。

《在特尔格特的聚会》(1979)是格拉斯献给"四七社"之父汉斯·维尔纳·里希特的一部借古喻今的中篇小说。它通过描写1647年夏天一群德国作家在明斯特与奥斯拉布吕克之间的特尔格特的聚会,反映了三百年以后的"四七社"作家的活动。读者从西·达赫、格里美豪森、马·奥皮茨、安·格吕菲乌斯等经历了"三十年战争"的巴罗克时期的德国作家身上,不难看到里希特、格拉斯、伯尔、赖希-拉尼茨基、恩岑斯贝格尔这一代战后作家的影子。

1979年秋,格拉斯偕新婚夫人、管风琴演奏家乌特·格鲁奈特访问中国。回国以后,出版了《大脑产儿或者德国人正在死绝》(1980)。这部散文体作品主要记录了一对在中学任职的德国夫妇游历亚洲期间的见闻和思索。此后,作家宣布暂停写作,埋头从事版画和雕刻。

格拉斯不仅是小说家、诗人和剧作家,而且还是一名颇有名气、技法娴熟的画家和雕刻家。他自幼喜欢绘画,声称绘画和雕刻是他的第一职业。在他的创作生涯中,绘画与文学密不可分,正如他自己所说,两者之间是"一个有机的、相互作用的过程"。他的许多诗集里都有他自己绘制的插图。这些插图的内容和形式大多与诗歌的内容紧密配合,为诗歌提供了形象的注解。将文学作品的主题变为作画的对象,是格拉斯美术作品的一个突出特点。例如,在写《蜗牛日记》期间,他创作了大量表现蜗牛的铜版蚀刻画。就连那时他的自画像也有两只蜗牛。他有意将其中一只嵌在自己的左眼里,以此象征他作为一个作家和政治活动家对事业所持的坚忍不拔、始终向前的决心。七十年代中期,他潜心于长篇巨著《比目鱼》的写作。在此期间,比目鱼又成为他作画的中心主题。在小说出版的同时,一本题为《当比目鱼只剩下鱼刺的时候》的配诗画册也与读者见面了。格拉斯还擅长设计书籍封面,他迄今出版的绝大多数文学作品均是由他本人设计绘制的封面。这些封面的共同特点就是画与书的内容及标题密切相关。例如,《铁皮鼓》画的是一个胸前挂着铁皮鼓的少年;《猫与鼠》画的是一只脖子上戴着铁十字勋章、虎视眈眈的巨猫;《比目鱼》和新作《母鼠》则分别画了一条冲着人的耳朵娓娓述说的比目鱼和一只硕大无朋的老鼠;小说《在特尔格特的聚会》以三百多年前经历了"三十年战争"后一群德国作家的聚会为背景,曲折地反映了第二次世界大战之后"四七社"的有关活动,格拉斯巧妙地在封面上设计了一只从砾石堆里伸出来的、握着一管羽毛笔的手。迄今为止,他已经在美、英、法、日、中、南斯拉夫等十几个国家举办过近百次个人画展。

经过长达五年的创作间歇,格拉斯在 1986 年 3 月出版了长篇小说《母鼠》。这部小说仍然保持了作家惯以动物隐喻人类的特点,构思奇诡,故事怪诞,通过第一人称叙述者与一只母老鼠在梦中的对话,展现了从上帝创造世界直到世界末日的人类历史,反映了作家对于处在核时代的人类社会的思考与忧虑。评论界对格拉斯的新作褒贬不一。为了与评论界保持一段"距离",格拉斯在 1986 年春天偕夫人前往印度的加尔各答。

1987 年初,格拉斯夫妇经葡萄牙等国返回柏林。10 月,在格拉斯六十岁生日之际,鲁赫特尔汉德出版社隆重推出第一套《格拉斯选集》。这套选集分为十卷,分豪华本和简装本两种,收入了作家已发表的所有重要文学作品,包括诗歌、小说、戏剧、杂文、演讲词以及谈话录等。2007年,施泰德出版社出版了《格拉斯选集》(哥廷根版),长达8960页。

格拉斯在国内外文坛享有很高的声誉,曾获得多种文学奖,其中重要的有:1965年获毕希纳奖,1968年获冯塔纳奖,1969年获特奥多尔·豪斯奖、蒙代罗奖等,1999年获得诺贝尔文学奖。

《猫与鼠》原是作者完成《铁皮鼓》之后潜心创作的一部长篇小说的一部分,该书最初定名为《土豆皮》。1961年,他将这一部分抽出单独出版,剩下的部分则成为"但泽三部曲"的第三部《狗年月》。

《猫与鼠》叙述了在纳粹统治时期,但泽的一个循规蹈矩的中学生约阿希姆·马尔克,受英雄崇拜宣传的毒害走上毁灭道路的故事。全书分为十三章,由马尔克的同学皮伦茨以第一人称叙述。故事发生在第二次世界大战爆发后不久,处于青春期的马尔克因脖子上格外凸出的喉结而引起了皮伦茨的注意。在皮伦茨的眼里,一动一动的喉结好似一只不停蹿跃的老鼠。他便恶作剧地将一只猫按在马尔克的脖子上,让它去捉那只"老鼠"。逐渐增大的喉结给马尔克带来了苦恼,为了引开人们对他的喉结的注意,他想方设法做出许多不平凡的事迹:潜水,在脖子上戴各种饰物……为了得到一样遮掩喉结的东西,他甚至偷走了一名海军军官的铁十字勋章,结果被学校除名。在军队里,马尔克因作战英勇、战绩卓著而获得了一枚铁十字勋章。衣锦还乡的马尔克一心想在母校作一次报告,恢复过去受到损害的名誉。然而,由于学校校长从中作梗,马尔克未能如愿。一气之下,他打了那个校长，然后逃上他在中学时代经常去玩的一条沉船，潜入密舱，从此再也没有出现。

《猫与鼠》出版后不久，就在联邦德国文坛引起了一场关于"艺术与色情"的争论。作家库尔特·齐泽尔率先指责格拉斯在书中描写军中男女淫乱等，是淫秽文字，把他说成是"最恶劣的色情文学作家"；继而黑森州劳动、福利和卫生部致函"联邦有害青少年读物审查署"，列举出书中多处关于"淫乱""色情"的描写，认为该书将"在道德方面毒害儿童和青少年"，因此要求将《猫与鼠》列入禁书名单。出版格拉斯作品的出版社获悉此事之后，立即给"审查署"去信，要求驳回黑森州劳动、福利和卫生部的申请。出版社认为：格拉斯的小说"属于艺术作品，将有助于丰富人们的艺术享受"，按照《禁止有害青少年读物传播法令》的规定，不应该被列入查禁之列；另外，书中有关的描写并非渲染色情，而是与塑造人物形象密切相关的，它们的作用主要是为人物铺垫心理基础，表现主人公马尔克争强好胜的虚荣心。出版社为此专门邀请了大学教授严斯和马尔蒂尼、作家恩岑斯贝格尔、心理学家奥廷格尔、德国语言文学科学院院长埃德施密特等五位专家，就《猫与鼠》以及格拉斯的全部文学作品进行鉴定，并将鉴定报告寄给"审查署"。两个月之后，黑森州劳动、福利和卫生部长赫尔马特以"申请并未报经本人许可"为由，主动从"审查署"撤回了要求查禁《猫与鼠》的申请报告，并且亲自写信给出版社表示歉意。然而，这场争执并未就此结束。齐泽尔继续在各种场合指责格拉斯，认为格拉斯"当然可以去写那些触及人物羞耻感的东西，但是应该在用词方面稍微体面一些；再说，法律也已对什么是色情下过定义"。格拉斯也竭力为自己辩护："齐泽尔早已脱离文学界，他的所作所为是在煽动人们的情绪，企图在一个曾经出现过焚书事件的国家里赢得某些惯于告密的政治家。"对于齐泽尔把他称作"色情作家"，格拉斯更是竭尽全力进行反驳，认为他"不仅是为了我个人的利益，而且也是维护使我受益匪浅的伟大的文学传统"，因为"假如允许这样诬蔑作家的话，那么我们就不得不抹掉《金瓶梅》、薄伽丘的《十日谈》和拉伯雷的《巨人传》"。格拉斯为自己书中的性描写辩护说："作家要写阴暗面；性的方面也是现实的一部分，它与作家汲取素材的日常生活息息相关。"齐泽尔与格拉斯的争执终于闹上了法庭。1968年10月，巴伐利亚州特劳恩施泰因地方法院作出判决，齐泽尔"不得在报刊上发表有损于格拉斯名誉的言论"；翌年一月，州法院最终裁决，禁止齐泽尔"在文学批评以外的场合将原告（格拉斯）称为'色情作家'"。格拉斯对法院的判决并不满意，他要求"全面禁止齐泽尔发表类似的诬蔑之词"。一直未介入这场争执的联邦德国笔会中心，在1969年8月专门发表了一篇为格拉斯恢复名誉的声明，表示"丝毫也不怀疑笔会成员君特·格拉斯在道德和美学上的纯洁"，确信他的作品所具有的艺术价值，并且对法院并未对澄清是非曲直和确定色情文学的标准作出努力表示遗憾。

1966年，格拉斯与联邦德国电影导演汉斯·于尔根·波兰德合作，将《猫与鼠》改编拍摄成故事片。当时任联邦德国外交部长、后任联邦总理的勃兰特让两个儿子参加了拍摄工作，次子拉尔斯扮演主人公马尔克。另外,这部影片还得到了三十万马克的政府贷款。影片在第二年公映时,不仅编导及演员遭到许多攻击,联邦议会内也就政府为何贷款摄制这部影片向勃兰特质询;一些退伍军人组织也纷纷表示抗议,呼吁"士兵们起来保护自己的荣誉",联合抵制这种"亵渎铁十字勋章的行为",要求删剪影片中有损军人荣誉的镜头。六十年代末的大学生运动冲击了传统的道德和性观念,人们对格拉斯的作品才逐渐改变了看法。《猫与鼠》也被列入联邦德国中学生的选修课本。

值得一提的是,1962年,当联邦德国国内正为"艺术与色情"争论不休时,法文本、瑞典文本、挪威文本和芬兰文本的《猫与鼠》相继问世。在此后的两年中,美国、英国、荷兰、丹麦、波兰、意大利、墨西哥和西班牙也先后出版了各自的译本。迄今为止,《猫与鼠》已被译成三十多种文字,是格拉斯作品中被译成外文最多的作品之一。后来,当格拉斯本人得知《猫与鼠》的中译本即将问世时,也亲自写信给笔者,为这部"过于德国式的题材"的作品能够在国外引起广泛的兴趣,为中国读者也有机会熟悉这个"带来死神的猫与鼠的游戏"感到非常高兴。

格拉斯的作品素以艰深难懂著称。他文字功底深厚,词汇丰富,被称为是托马斯·曼之后的又一位杰出的德国语言大师。在《猫与鼠》中,作者使用了许多但泽地区的方言和俚语,这更增大了理解和翻译的难度。由于水平和经验所限,译者虽竭尽全力,却仍然难以充分表现出作者的传神之笔,译文中难免存在错误和疏漏,祈望读者不各指正。本书第一章至第七章由蔡鸿君译，第八章至第十三章由石沿之译，全书由蔡鸿君统校。

蔡鸿君

致中国读者

在完成了第一部叙事性长篇小说《铁皮鼓》之后,我想写一本较为短小的书,即一部中篇小说。我之所以有意识地选择一种受到严格限制的体裁,是为了在接下去的一本书,即长篇小说《狗年月》中重新遵循一项详尽的史诗般的计划。

我是在第二次世界大战期间长大的,根据自己的认识,我在《猫与鼠》里叙述了学校与军队之间的对立,意识形态和荒谬的英雄崇拜对学生的毒化。对我来说,重要的是反映出在集体的压力下一个孤独者的命运。我在撰写这部中篇小说时绝不可能料到,这个我自以为过于德国式的题材会在国外引起如此广泛的兴趣。早已改变了这种看法的我非常高兴,中国读者现在也有机会熟悉我的这个带来死神的猫与鼠的游戏了。

君特·格拉斯

第 一 章

……马尔克已经学会游泳了，有一次，我们躺在棒球场旁边的草坪上。本来我要去看牙科大夫，可是大伙儿不让我走，因为像我这样的投手别人很难代替得了。我的牙齿疼痛难忍。一只猫轻巧地斜穿过草坪，而且没有被球击中。我们有的嚼着草茎，有的拔着小草。这只黑猫是场地管理员养的。霍滕·索恩塔克正在用一只羊毛袜子擦球棒。我的牙齿仍然疼得厉害。比赛已经持续了两个钟头，我们这一方输得很惨，现在正等着在下一场里翻本儿。这是一只幼猫，但绝非小猫崽儿。运动场上不时地有人在练习投球。我的牙疼丝毫未减。跑道上有几个百米运动员在练起跑，一个一个显得焦虑不安。那只猫在兜着圈子。一架三引擎的Ju-52型飞机①缓缓从空中飞过，巨大的轰鸣却压不住牙齿的抱怨。场地管理员的黑猫躲在草丛后面，嘴边有一圈白色的涎水。马尔克睡着了。这会儿刮着东风，联合公墓与工业技术学院之间的火葬场正在工作。参议教师②马伦勃

---

① Ju-52型飞机，是德国在第二次世界大战中重要的空中力量。

② 德国完全中学里设置的固定教师职位。

兰特吹响了哨子:改练传球。那只猫跃跃欲试。马尔克仍在睡觉,或者看上去像在睡觉。我坐在他的旁边,牙疼得钻心。猫一蹿一蹿地过来了。马尔克的喉结引人注目,因为它大得出奇,而且一直在动,投下了一道阴影。场地管理员的黑猫在我和马尔克之间拉开架势,随时准备扑上去。我们形成了一个三角形。我的牙齿停止了抱怨,疼痛略有缓解,这是因为马尔克的喉结在猫的眼里变成了老鼠。猫是那样年幼,马尔克的喉结是那样灵活——总之,这只猫朝着马尔克的喉结扑了上去。或许是我们中间有人揪住这只猫,把它按到马尔克的脖子上的;或许是我抓住那只猫——要么是忍着牙痛,要么是忘了牙痛——让它瞧瞧马尔克的老鼠。约阿希姆·马尔克大叫一声,脖子上留下了几道并不明显的抓痕。

我现在必须把这一切写成文字,因为当初是我将你的老鼠暴露在一只猫和所有猫面前的。即使我们俩都是虚构杜撰的人物,我还是要写。虚构杜撰我们的那个人因为职业的缘故三番五次地逼迫我对你的喉结负责,把它领到每一个曾经目睹它的胜利或者失败的地方。因此,我让这只老鼠在改锥的上方突突地跳动,让一群吃得饱饱的海鸥在马尔克头顶上空朝着东北方向疾飞,把时间安排在天朗气清的夏季,那艘沉船是当年的一艘"鸥"级扫雷艇,波罗的海的颜色如同厚厚的塞尔特斯矿泉水①的玻璃瓶。鉴于故事发生的地点在但泽新航道导航浮标的东南方向,只要马尔克的身上还挂着一串串水

---

① 德国陶努斯山区生产的一种矿泉水。

珠,我便让他生出一片麦粒儿大小的鸡皮疙瘩来——不是恐惧攫住了马尔克,而是游泳时间过久通常都会产生的战栗使他的肌肤失去了表面的光滑。

我们这些胳膊细长、瘦骨嶙峋的伙伴叉开双腿躺在扫雷艇露出水面的残破的舰桥上。没有任何人要求马尔克再次潜入沉船的前舱和毗邻的轮机舱,用他的改锥撬下诸如小螺丝、小齿轮或者别的什么新鲜的小玩意儿:一个上面用波兰文和英文密密麻麻地写着机器操作规则的黄铜标牌。我们当时都四仰八叉地躺在露出水面的舰桥上。这艘"鸥"级波兰扫雷艇①当年是在莫德林②下水、在格丁根③组装完毕的。一年以前④,它在导航浮标的东南触礁,恰好是在主航道外侧,对航行并无妨碍。

海鸥的粪便在锈迹斑斑的沉船上面风干,不管天气如何,肥壮的海鸥总是在空中翱翔,时而睁大玻璃珠似的眼睛冲向露出水面的罗经室,时而又扶摇直上,展翅高飞,它们的意图实在令人费解。海鸥一边飞翔,一边排出黏糊糊的粪便。它们从来不去碰柔和静谧的大海,却经常撞击锈迹斑驳的舰桥。海鸥的排泄物表面没有光泽,呈灰白色,落下来后很快变硬,一小团挨着一小团,密密麻麻,有些还上下重叠,形成一堆一堆。每次我们上了扫雷艇,总是要用手指甲和脚指

① 第二次世界大战时,波兰海军扫雷艇"云雀"号被德国海军俘获,被拖入但泽港口时在岸边浅水处触礁。
② 莫德林,波兰地名,位于华沙西北纳雷夫河与维斯瓦河的汇合处。
③ 格丁根,现名格丁尼亚,波兰北部城市,临但泽湾,在但泽西北二十公里处。
④ 指1939年秋末。

甲弄开这些粪团。我们的指甲都是这样裂开的,其实,除了席林有咬指甲的习惯和手上有许多倒刺之外,别人都不咬指甲。马尔克是我们这一伙人里唯一留着长指甲的。由于多次潜水,他的指甲略微有些发黄。为了保持它的长度,马尔克不仅不咬指甲,而且也从不用它抠海鸥屎。此外,在我们中间,也唯独他没有尝过海鸥屎的滋味。其余的人都自愿咬过这种灰白色的、像贝壳碎屑似的小粪团,将它嚼成泡沫状的黏液,吐在甲板上面。这玩意儿嚼起来没有什么味道,或者像石膏,或者像鱼粉,或者像其他随时可以想象出来的东西,譬如:幸福、姑娘和亲爱的上帝。唱歌唱得很好的温特尔说:"你们知道吗?那些男高音歌唱家每天都要吃这种海鸥屎。"海鸥常常在半空中用嘴接住我们吐出来的灰白色的唾液,它们大概丝毫也没有察觉出这是什么东西。

战争爆发①之后不久,约阿希姆·马尔克满十四岁了。当时,他既不会游泳,也不会骑自行车,一点儿都不显得出众,后来招来猫的那个喉结也尚未出现。他体弱多病,并且有医生的书面证明,所以一直免上体操课和游泳课。马尔克学骑自行车的样子十分滑稽。他神情呆板,姿势僵硬,两只招风耳涨得通红,膝盖向两侧撇开,双腿不停地一上一下。在学会骑车之前的那个冬天,他在下施塔特区室内游泳池报名学习游泳。最初,他只被批准同八至十岁的年龄组一起在

---

① 指 1939 年 9 月 1 日德国入侵波兰。

陆地上练习游泳动作。第二年夏天,起初他仍然未能下水。布勒森①海滨浴场的管理员先让马尔克在沙滩上进行动作训练,然后才允许他使用水中游泳学习器。那个管理员有着一副典型的浴场工作人员的身材,肚子像浮标,两条腿又细又长,上面没有一根汗毛,看上去活像一个围着布料的航标。一连许多个下午,我们都撇下马尔克游走了。我们讲述的关于那艘触礁的扫雷艇的奇闻,给了他巨大鼓舞。两个星期之后,他终于获得成功,可以自由自在地游泳了。

他在栈桥、高大的跳台和浴场之间勤奋地游来游去,态度非常认真。为了培养游泳的耐力,他开始在栈桥防波堤附近练习潜水。最初,他从水下摸上来一些普通的波罗的海贝壳。后来,他将一只啤酒瓶灌满沙子,扔到较远的地方,而后再潜下去把它摸上来。马尔克大概很快就能够按时将这只瓶子摸上来了,因为当他第一次在沉船上为我们表演潜水时,显然已经不是一个新手了。

他再三恳求和我们一块儿游。当时,我们这伙人——大约有六七个——正在男女混合浴场的浅水区一边慢慢吞吞地预湿身体,一边商量当天的游泳路线。马尔克站在男子浴场的栈桥上朝我们喊道:"你们带上我吧!我一定行。"

他的喉结下方挂着一把改锥,分散了人们对他的喉结的注意。

"那好吧!"马尔克和我们一块儿下了水,他在第一片沙洲和第二片沙洲之间超过了我们,但我们没费多大力气又赶上了他:"这小

---

① 但泽湾海滨游览胜地,是但泽市民节假日喜欢的去处。

子一会儿准会累趴下。"

马尔克游蛙泳时，那把改锥在他的肩胛骨之间摆来摆去，因为它是木柄的；他游仰泳时，木柄又在他的胸脯上面蹿上蹿下，但一刻也没能遮住下巴颏与锁骨之间那块令人讨厌的软骨。这块软骨宛若竖起的鱼的背鳍，划出了一道水痕。

随后，马尔克为我们做了表演。他连续多次带着那把改锥潜入水中，每潜两三次总要带上来一件用改锥旋下来的小玩意儿，诸如小盖子、镶板碎片、发电机上的零件，等等。他在水下找到了一根船用缆绳，用这根随时都可能断的绳子从沉船前舱拽上来一个真正的米尼马克斯牌灭火器。这个德国制造的玩意儿居然还能使用。马尔克为我们试了一次，教我们如何使用这种泡沫灭火器，让泡沫喷射出来，射向深绿色的大海。从第一天起，他就树立了一个高大的形象。

泡沫一团团或一条条地浮在平缓的海面上，吸引了几只海鸥，但它们却在泡沫前望而却步。泡沫渐渐破灭，唯有一团被海浪抛上了沙滩，看上去就像一块变酸了的搅奶油。马尔克也歇了下来，蹲在罗经室投下的阴影里，皮肤开始收紧。不，在舰桥上的泡沫随着微风飘散之前，他的身上就已经出现了鸡皮疙瘩。

马尔克浑身发抖，喉结上下颤动，那把改锥在瑟瑟战栗的锁骨上方也跟着翩翩起舞。他的脊背因持续的战栗已改变了形状，就像挨了一阵冰雹。肩部以下晒得像熟虾一样红彤彤的，有些地方呈乳酪状。脊椎骨好似泥瓦工用的刮板，两侧被晒得蜕了一层皮。他的嘴唇略略发黄，外面一圈毫无血色，裸露着的牙齿格格打战。他用两只筋疲力尽的大手抱紧被长满海蛎子的沉船舱壁擦出许多伤痕的膝盖,试图使自己的身体和牙齿能够抗御海风的侵袭。

霍滕·索恩塔克——或许是我?——冲着马尔克吼道:"你这家伙,可别再下去摸啦! 咱们还得回家呢。"改锥开始变得安稳些了。

我们从防波堤游到沉船要用二十五分钟,从浴场游过去要用三十五分钟,回程则需要整整三刻钟。马尔克一定累得够呛,每次他总要比我们早一分钟爬上防波堤。他仍然保持着第一天的优势。每次我们游到沉船——我们都这样叫那艘扫雷艇——马尔克已经潜下去过一次了。我们刚用洗衣妇似的手够到锈迹斑斑、鸟粪点点的舰桥或露出水面的旋转机枪①,他就赶紧一声不响地向我们展示诸如铰链等容易卸下来的小玩意儿。马尔克冷得瑟瑟发抖,尽管他从第二次或第三次钻出水面后就往身上涂了厚厚的一层防冷霜——马尔克有的是零用钱。

马尔克是他们家的独子。

马尔克可以算是半个孤儿。

马尔克的父亲早已去世。

无论春夏秋冬,马尔克总是穿着老式的高勒皮鞋,这大概是他父亲留下来的。

马尔克用黑色高勒皮鞋的一根鞋带系着改锥,把它挂在脖子上。

---

① "云雀"号扫雷艇装备有一门口径为75毫米的加农炮和四挺旋转机枪。

现在我才想起，除了那把改锥以外，马尔克出于若干原因还在脖子上挂了其他一些东西，只不过改锥更加惹人注意罢了。

他的脖子上有时还戴着一根银项链，项链上挂着一个天主教的银质垂饰：圣母玛利亚的肖像。他也许一直就戴着它，而我们却从未注意；至少从他开始在海滨浴场沙滩上练习游泳姿势并用手和脚蹬出各种图案的那天起就开始戴了。

马尔克从未将这个垂饰从脖子上取下来过，即使是上体操课的时候。那年冬天，当他刚刚开始在下施塔特区室内游泳池学习陆地上的游泳动作和借助水中游泳学习册练习时，他也已经出现在我们的健身房里。他不再出示家庭医生开具的疾病证明。那个圣母玛利亚的银质肖像不是躲在白色紧身体操服领口的后面，就是正好垂在体操服胸口的红色条纹上方。

马尔克在练双杠的时候也从不冒汗。跳长木马是只有学校甲级体操队的三四名最优秀的选手才能做的动作，可他也不甘示弱。他从跳板上腾空跃起，弯腰曲背，四肢伸开，越过长长的皮面木马，歪歪斜斜地摔倒在软垫上，扬起一阵灰尘；脖子上还戴着那根细细的项链，圣母肖像歪在一边。他在单杠上做大回环动作，虽然姿势不怎么优美，但却总要比我们班上最好的体操选手霍滕·索恩塔克多做两个。倘若马尔克做三十七个大回环动作，那个银质垂饰总要从体操服里甩出来，围着嘎吱作响的横杠转上三十七圈。银像在浅栗色的头发前面荡来荡去，却从未脱离他的脖子，获得自由。除了可以起阻挡作用的喉结之外，马尔克还有一个凸出的后脑勺，脑后的发际和明显的凸起足以阻止项链从脖子上面滑落。改锥挂在圣母肖像上面，鞋带遮住了一段项链。尽管如此，这件工具也绝不会排挤圣母肖像，因为这个木柄的玩意儿不得带入健身房。我们的体操教师是参议教师马伦勃兰特，他曾写过一本棒球比赛标准规则，因而在体育界颇有名气。他禁止马尔克上体操课时在脖子上套着这把鞋带系着的改锥。但是，马伦勃兰特却从未对马尔克脖子上的那个护身符表示过任何不满，因为除了体操课之外，他当时还兼上地理课和宗教课。另外，直到战争爆发后的第二年。他还一直带领一个天主教工人体育协会剩余下来的会员练习单杠和双杠。

银光闪闪、略有磨损的圣母玛利亚被允许戴在马尔克的脖子上，为他的惊险动作提供保障，而那把改锥则不得不和衬衣一起挂在更衣室的衣架上等候它的主人。

这是一把普普通通的改锥，结实耐用，价格便宜。为了撬下一块很窄的小牌子，马尔克常常得潜下去五六次，尤其是当这块小牌子固定在金属上面，而且两颗螺丝都已锈死的时候。这些小牌子并不比那些用两颗螺丝固定在住宅大门旁边的姓名牌大多少。有的时候，他潜下去两次就能够撬下来一块较大的、有许多文字的牌子，因为他把改锥当作撬棒使用，将牌子连同螺丝一起从腐烂的镶板上撬了下来。他在舰桥上向我们展示这些战利品。他对收集这些小牌子并不经心，大部分送给了温特尔和于尔根·库普卡，他们俩不加选择地搜集各种各样的牌子，包括街名牌和公共厕所的小招牌。马尔克只把一些与他现有的收藏相配的东西带回家去。

马尔克并不轻松:当我们在沉船上打盹儿时,他在水下工作。我们抠着鸟粪,皮肤被晒成像雪茄一样的深褐色,金黄色的头发变成了淡黄色,而马尔克的皮肤上顶多只是增加了一块新的晒斑。当我们眺望着航标以北来往如梭的船只时,他却始终注视着下面,眼睛微微发红,有些炎症,睫毛不多,瞳仁是浅蓝色的。我想,这双眼睛只有到了水下才会变得好奇。有许多次,马尔克没有带上来小牌子,没有任何战利品,而只是握着那把弯得不成样子的改锥。他把弄弯了的改锥拿给大伙儿看,给人留下了深刻的印象。末了儿,他扬手将这玩意儿从肩膀上面扔到海里,把一群海鸥弄得惊慌失措。他的举动既不是由于泄气,也绝非因为无名之火。马尔克绝对没有装出一副无所谓的样子,或者真的无所谓地将坏了的改锥扔在自己的背后,即使是把改锥扔掉也还是有它的含义:现在我马上就要从另外一个方面向你们显示一下!

……有一次,一艘运送伤兵的双烟囱轮船驶入了港湾。经过一番争论,我们认定这艘船是东普鲁士远洋公司的"国王"号客轮①。约阿希姆·马尔克潜入沉船的前舱。他没有带改锥,钻进了沉船前部被撬开的舱口,深绿色的浑浊的海水刚好漫过了舱口。他用两个指头捏住鼻子,先把脑袋浸入水中——他的头发由于游泳和潜水的缘故从正中分开,平展地趴在头上——再跟上背部和臀部,然后他又从左边抬起头,换了一口气,接着两个脚掌蹬着舱口的边缘,向下斜

---

① "国王"号在战争爆发后被征用为军医船,负责运送伤员。

着身体钻入了那座昏暗而凉爽的水族馆。光线从开着的舷窗射进舱里，这里有许多神经过敏的刺鱼，有一群静止不动的七鳃鳗，水手舱里的吊床用绳子系着，摇来晃去，四周爬满了乱蓬蓬的海草，鲱鱼在海草里面建立了它们的育儿室，偶然也会冒出一条离群的大西洋鲭鱼，关于鳗鱼的传闻纯属虚构，比目鱼从不光顾此地。

我们抱紧微微发抖的双膝，用嘴将鸟粪嚼成黏液。大家带着几分好奇，既疲惫又紧张地数着正在编队行驶的海军单桅练习船。浓烟从军医船的两个烟囱喷吐出来，垂直升向天空。马尔克已在水下待了很久。环顾四周，海鸥在盘旋，海浪拍击船首，摔碎在船头已拆除了火炮的支架上。舰桥的后面发出哗哗的水声，海水在通风管道之间形成倒流，反复冲刷那里的铆钉。我们的指甲缝里净是灰白色的鸟粪，皮肤干燥得发痒。水面波光闪闪。海风送来了马达的突突声。用力挤压几个部位。生殖器半挺了起来。在布勒森和格莱特考①之间有十七棵白杨树。突然，马尔克从水下冒了上来。下巴四周呈青紫色，颧骨上方微微发黄，头发从正中间向两边分开。他从舱口钻出来，溅起了一片水花，然后蹚着没膝的海水，踉踉跄跄地穿过船头甲板。他伸手抓住露出水面的炮架，顺势跪了下来，两眼无神地望着我们。我们只好伸手将他拽上了舰桥。他不顾鼻孔和嘴角还淌着海水，迫不及待地向我们展示了战利品：一把不锈钢的改锥。这是英国造的，头儿和手柄由一整块钢材铸成，上面有冲压出来的"谢菲

---

① 但泽湾海滨游览地，位于布勒森的西部。

尔德①制造"的字样。这把改锥没有一点儿锈迹和疤痕,上面涂着一层润滑油,海水聚成小水珠,从改锥上滚落下来。

约阿希姆·马尔克将这把沉重的、可以说永远都不会折断的改锥戴在脖子上大约有一年之久。即使我们后来很少甚至不再游到沉船那里,他也仍然整天用鞋带系着它,挂在脖子上。他虽然信奉天主教,却又过分地崇拜这把改锥,或许这正是由于他信奉天主教的缘故。每次上体操课之前,他总要把改锥交给参议教师马伦勃兰特代为保管,因为他怕被人偷了去。甚至去圣母院,他也带着这玩意儿。他不仅在礼拜天而且在每天上课之前都要去新苏格兰区海军路上的圣母院做晨祷。

马尔克和他的英国造的改锥不需要在去圣母院的路上耽搁很久。从东街出来,拐入熊街②。这条街两旁有许多两层的房子,有些是双层屋顶的别墅,门前有圆柱门廊和葡萄架。再往前是两排居民住宅,有的抹过灰泥,有的没有抹过灰泥,墙壁上有一块块水渍。有轨电车拐向右侧,架空导线的上方是被云遮住大半的天空。左边是铁路职工的小菜园,这里的土壤贫瘠,含沙较多,黑红两色的鸽亭和兔笼都是用淘汰下来的货车车皮的木板做成的。小菜园的后面是铁

---

① 英格兰中部工业城市,刀具、工具和餐具是该市的传统产品。
② 作者对街道的描写完全符合但泽市的真实情况,街名均按照 1940 年至 1944年的叫法。

路信号灯,这里可以通到自由港区①。一座座圆塔状的仓库。一架架活动式或固定式的起重机。货轮的上面部分涂着色彩鲜艳的油漆,颇具异国情调。两艘灰色的老式定期班轮一如既往地停在那里。浮动船坞。日耳曼尼亚②面包厂。几只障碍气球③悬挂在半空,轻轻摇曳,泛着刺眼的银光。街道右侧是从前的海伦妮·朗格④女子中学,现已改为古德伦⑤女子中学。校舍遮住了席绍造船厂⑥横七竖八的金属架,唯有巨大的旋转式吊车傲然挺立。学校的运动场养护得很好,球门新刷了油漆,草坪修剪得很短,罚球区的边线撒上了白色的粉末。每逢礼拜天,蓝黄队与舍尔米尔98队⑦在此对垒。这里虽然没有看台,但却有一座新式的健身房,通体漆成浅赭石色,窗户又高又大,鲜红色的屋顶上有一个用焦油涂黑的十字架,显得与这座健身房极不协调。新苏格兰区体育协会原来的那座健身房已被改建成圣母院,它可以说是一座应急教堂,因为圣心教堂⑧离得太远,长期以来,居住在新苏格兰区和舍尔米尔区以及东街和西街之间的

---

① 港口专门划出的一块免税区域,各国商船可在此区域内进行自由贸易。
② 象征德国的女神。
③ 固定在空中的大气球,是为了干扰敌机空袭设置的一种障碍。
④ 海伦妮·朗格(1843—1930),女教师,德国妇女运动领袖,"全德女教师协会"的创始人。
⑤ 古德伦是德国十三世纪叙事长诗《古德伦》里的一位聪明美丽的公主,被纳粹分子奉为德国妇女的理想形象。
⑥ 德国席绍机器制造公司1945年以前在埃尔宾、但泽和柯尼斯堡等地拥有许多造船厂。
⑦ 即但泽市舍尔米尔体育协会足球队,因该协会创建于1898年,故名。
⑧ 位于朗富尔火车站附近的一座天主教堂。

市民——他们大多是造船厂工人以及邮局和铁路职工——只能把请愿书送到主教所在的奥里瓦区。还是在但泽自由市时期①，教会就买下了这座健身房，经过全面改建之后供人们在此祈祷。

这座圣母院有许多色彩斑斓的绘画和精雕细刻的装饰，这些东西大多是从但泽主教管区各礼拜堂的地窖或储藏室里收罗来的，当然也有私人捐赠的。尽管如此，健身房的特征却难以掩饰，而且也不容否认。即使是袅袅上升的香烟和芬芳沁人的烛香，也不足以抵消前几年留下的粉笔、皮革、体操运动员的气味以及室内手球冠军赛的痕迹。正因为如此，这座小教堂一直具有某种难以消除的新教的色彩——礼拜堂的那种过分的简朴。

圣心教堂是一座砖石结构的新哥特式建筑，它建于十九世纪末，距离居民住宅区较远，紧靠郊区火车站。在这座教堂，约阿希姆·马尔克的不锈钢改锥恐怕会显得极不协调，甚至丑陋得有亵渎神灵之嫌。然而，在圣母院，他却可以放心大胆地公开在脖子上挂着这把精美的英制工具。这里的过道铺着整洁的地毯，方形的乳白色玻璃窗一直顶到天花板，地上有一排整整齐齐的金属托座，是从前用来固定单杠的，混凝土天花板的表面十分粗糙，镶板之间有一道道凹槽，铁铸的横梁已经粉刷成白色。从前，这些横梁上曾经固定着几副吊环、一架秋千以及六七根练习爬高的绳索。尽管每个角落里都立着一尊描金绘彩的石膏圣像，这座小教堂仍然显得朴素、冷清、现代味十足，

---

① 自 1920 年 1 月 10 日至 1939 年 9 月 1 日。

14

以至于那把不锈钢改锥——一名前来祈祷、然后领圣餐的中学生认为必须将这件东西悬挂在自己的胸前——不仅没有引起为数不多的来做晨祷的信徒们的注意,也没有让古塞夫斯基司铎和他的睡眼惺忪的弥撒助手——通常由我担任——感到别扭。

不对!那玩意儿肯定不会逃过我的眼睛。每当我在圣坛前面辅弥撒,甚至当神甫刚开始祈祷的时候,我总是出于各种各样的原因试图观察你的言行举止。然而,你大概不愿意听之任之。你把那个用鞋带系着的玩意儿藏在衬衫里面,因此衬衫上留下了几块惹人注目的、大略能显现出改锥轮廓的油迹。从圣坛望去,他跪在左侧第二排的长凳上,眼睛睁得滚圆,朝着圣母祭坛默默地祈祷。我相信,那双浅褐色的眼睛多半由于潜水和游泳的缘故已经发炎了。

……有一次,我们来到沉船上。我已经记不清是哪一年的夏天,或许是战争爆发后的第一个暑假,即法国的动乱①平息之后不久,或许是在翌年的夏天。那一天,气候炎热,天色阴沉,男女混合浴场熙攘杂乱,三角旗低垂,人们的皮肉被水泡涨了,冷饮店的销售额激增,滚烫的脚底板走在椰棕编织的狭长地毯上面,紧闭的浴场更衣室前咻咻的笑声不断,毫无约束的孩子有的在沙滩上打滚,有的缓慢而吃力地走着,有的划破了脚掌。一个大约三岁的小男孩——如今该已是二十三岁了——在关怀地弯下身子的成年人面前,笨拙而单调地

---

① 从 1940 年 5 月 10 日德国发动进攻至 1940 年 6 月 20 日法国宣布投降。

敲着一只玩具铁皮鼓①，将这个下午变成了一个地狱里的铁匠铺。我们离开沙滩，游向我们的沉船。站在沙滩上，用浴场管理员的双筒望远镜可以看见海面上有六个人头正在渐渐变小，其中一个遥遥领先，最先到达了目的地。

我们躺倒在风干的鸟粪和灼热的锈铁板上，几乎再也无力动弹。马尔克已经潜下去过两回，浮上来时左手里握着一样东西。在沉船的前舱和水手舱，在已经腐烂的、轻轻摇曳或仍被系得紧紧的吊床的床上床下，在一群群闪闪发亮的刺鱼中间，在茂密的海藻丛和受惊而逃的七鳃鳗之间，他到处寻找，用改锥东刮西撬。在一堆破烂杂物中间，即在水兵维托尔德·杜钦斯基或利钦斯基的航海行囊里，他找到了一个巴掌大小的青铜奖章。奖章的一面铸有一只小巧的、略略隆起的波兰雄鹰，它的下面镌刻着奖章获得者的姓名和颁奖的日期；另一面是一个蓄着大胡子的将军的浮雕。用沙子和鸟粪稍加擦拭，奖章的四周露出了一圈铭文，原来马尔克摸上来的是一枚铸有毕苏斯基元帅②肖像的奖章。

此后两周，马尔克一门心思寻找奖章。他在格丁根港的停泊场找到了一个纪念一九三四年帆船竞赛的锡盘。在轮机舱前面的一个狭窄而不易进入的军官餐厅，他又找到了一枚约有一马克硬币大小的银质奖章，奖章的挂环也是银质的，背面没有镌刻人名，平平的，略

---

① 指但泽三部曲的第一部《铁皮鼓》中的主人公奥斯卡·马策拉特。
② 毕苏斯基（1867—1935），波兰资产阶级政治家，二十世纪波兰复国运动的主要人物，曾任波兰总统、参谋总长和国防部长。

有磨损,正面的造型和纹饰考究而且富丽:明显隆起的圣母玛利亚怀抱圣婴的浮雕。

凸出的铭文表明,这原来竟是著名的琴斯托霍瓦的①。马尔克上了舰桥之后,意识到了自己摸到的是什么东西。我们递给他被风吹到沉船上来的沙子,好让他擦拭一下奖章,然而他却并没有用沙子擦,而是宁可让那些灰黑色的斑迹留在上面。

我们吵吵嚷嚷,都想看看这枚银质奖章擦亮之后是何等模样。这当儿,他已经跪在罗经室的阴影里,把那件出水文物拿在肿胀的膝盖前面挪来挪去,直到他那一双低垂沉思的眼睛选择了一个合适的角度为止。我们在一旁拿他取笑,只见他哆哆嗦嗦地用一尘不染的淡青色指尖敲击奖章,颤抖的嘴唇随着祈祷而翕动。从罗经室的后面传出了几句拉丁语:"贞女中最杰出的贞女啊,你不会再使我感到悲痛……"②我至今仍然确信,这一定是他当时最喜欢的、通常只是在棕枝主日③之前的星期五才唱的赞美诗里的词句。

我们学校的校长、高级参议教师克洛泽——他是党④的官员,但却很少穿着纳粹党制服⑤讲课——禁止马尔克在公共场合以及上课

---

① 琴斯托霍瓦是波兰中南部城市,有珍贵的壁画和著名绘画《琴斯托霍瓦的圣母》。
② 引自赞美诗《母亲两眼噙泪》。
③ 棕枝主日,亦译为圣枝主日或主进圣城节,基督教节日,在复活节前一周的星期日举行。
④ 指德国国家社会主义工人党,即纳粹党。
⑤ 纳粹党制服通常是褐色圆形带檐帽、褐色衬衫、黑色领带,佩戴肩章的褐色军眼、褐色马裤,印有米字标志的袖章,长筒皮靴,有环舌和肩带的腰带。

时将这枚波兰奖章挂在脖子上。因此,约阿希姆·马尔克后来只好满足于那枚大家早已熟悉的小护身符,以及那把戴在曾经让一只猫当成老鼠的喉结下面的不锈钢改锥。

他把这枚发黑的银质圣母像挂在毕苏斯基青铜浮雕和纳尔维克①战役的英雄、舰队司令波恩特②的放大照片之间。

---

① 纳尔维克,挪威北部诺尔兰郡的不冻港。1940 年 4 月,德军攻占纳尔维克,被称为纳尔维克战役。
② 波恩特(1896—1940),德国舰队司令。在纳尔维克战役中,他率领的舰队被英国海军全部击沉,他本人阵亡,后来被追授一枚骑士十字勋章。

第 二 章

崇拜,这是开玩笑吗?你们家的房子坐落在西街。你的幽默感——倘若你有的话——与众不同。不,你们家的房子坐落在东街。这个居民区的所有街道看上去竟然完全一样。你只能吃一片黄油面包。我们在笑,而且相互传染。每当我们要拿你取笑,我们就感到惊奇。当参议教师布鲁尼斯问起我们班上所有同学今后各自的职业时,你——当时已经学会了游泳——回答道:"我想当马戏团小丑,为人们逗乐。"这时四四方方的教室里谁也没有笑——我吃了一惊,因为马尔克直截了当地大声说出想在马戏团或者其他地方当小丑的志愿时,脸上的表情非常严肃,以至于我不禁真的有些担心。如果说他今后有朝一日真会把人逗得开怀大笑,那也许是通过猛兽表演之后与空中飞人之前的对圣母玛利亚的公开崇拜。不过,沉船上的祈祷也有可能是当真的,或者你只是在寻开心?

他住在东街,而不是西街。这幢独家住宅坐落在许多外表相似的独家住宅的附近、中间和对面,它们的区别仅仅是门牌号码,间或还能看见图案迥异、褶裥不同的窗帘,人们几乎难以根据庭院里不同的植物加以区分。每个花坛跟前都立着挂有鸟笼的木桩和上有釉彩的装饰品,如雨蛙、蛤蟆菌、侏儒等。马尔克家的门前蹲着一只陶瓷雨蛙,在下一户和再下一户人家的门前蹲着的也是绿色的陶瓷雨蛙。

简而言之,马尔克家的门牌号码是二十四号,倘若从狼街过来,是马路左侧的第四幢房子。东街和西街平行,它们的南口接着与狼街平行的熊街。若是从狼街方向沿着西街南行,越过左侧红瓦的房顶可以看见一座塔顶已经氧化的葱头形钟塔①的正面和西面。若是从狼街方向沿着东街南行,越过右侧的房顶可以看见钟塔的正面和东面。这座基督教堂耸立在熊街的南侧,正好在东街和西街之间。绿色的葱头形塔顶下面有四面大时钟,它们向这一地区——从马克斯·哈尔伯广场到没有钟楼的天主教圣母院,从马格德堡大街到邻近舍尔米尔区的波萨多夫斯基路——报时,以便新教的和天主教的工人、职员、女售货员和中小学生能够准时赶到那些并非按照宗教礼仪安排作息时间的工作单位和学校。

马尔克从他的房间看见的是钟塔东面的大钟。他的房间是一个阁楼,山墙夹在两堵略微向上倾斜的墙之间,雨水和冰雹几乎就落在他那从正中分开的头发上面。屋子里净是一些男孩子们喜欢的东西,从蝴蝶标本到人物明信片,其中有受欢迎的演员、获得勋章的歼击机飞行员和坦克部队的将军。这里还挂着其他东西:一幅没有画框的胶印油画,画面正中是西斯廷圣母,下方有两个面颊红润丰满的

---

① 葱头形钟塔是文艺复兴以后在德国流行的一种建筑形式,塔顶通常盖着一层铜板,日晒雨淋使铜板表面产生一层绿色的氧化物。

20

小天使,已经提过的毕苏斯基奖章;那个来自琴斯托霍瓦的虔诚而神圣的护身符,进攻纳尔维克的驱逐舰舰队司令的照片。

我头一回去他家时就立刻注意到了那个雪枭标本。我住在西街,离他家不远。这里要谈的不是我自己,而是马尔克,或者马尔克和我,着眼点始终应该是马尔克:他留着中分头;他穿着高勒皮鞋;他为了将那只永恒的猫从那只永恒的老鼠那里引开,在脖子上时而挂着这个时而挂着那个;他跪在圣母祭坛前面;他是个身上有新鲜晒斑的潜水者;他尽管抽筋时的样子很难看,却总要游在我们前面一截子;他好不容易学会了游泳;他毕业后想到马戏团当小丑,为人们逗乐。

雪枭头顶的羽毛也是从中间向两边分开的,它像马尔克一样流露出一副饱经苦难而又柔中带刚的救世主的神情,如同正在忍受牙痛的折磨。这只雪枭标本是他父亲留给他的遗物,做工精巧,只着了一层浅色,爪子握在一根白桦树枝上面。

我故意对雪枭标本、胶印的圣母油画和来自琴斯托霍瓦的银质奖章视而不见,因为对我来说,这间小屋的中心是马尔克费尽气力从沉船里拽上来的那架留声机。他在水下没有找到一张唱片,也许全部溶化在水里了。那个带有摇手柄和唱针臂的相当现代化的音匣子是在军官餐厅里找到的,那里曾经赐予过他银质奖章和其他几样东西。军官餐厅位于沉船中部,是我们——包括霍滕·索恩塔克在内——无法企及的。我们只能潜入前舱,绝不敢穿过漆黑的、连鱼儿也不敢贸然进犯的间壁①，钻到轮机舱和与之毗连的船舱里去活动。

在沉船上的第一个暑假结束之前，马尔克大约经过十二次潜水，终于把这架留声机弄了上来。同上次的那个灭火器一样，这也是德国货。他将音匣子一米一米地挪入前舱，移到舱口，拽上甲板，然后借助那根曾经把米尼马克斯牌灭火器拖上来的缆绳，把它拖出水面，弄到了我们的舰桥上面。

为了把这架摇手柄已经锈死的音匣子运上陆地，我们只好用被海水冲到岸边的一些木板和木桩扎了一只木筏。大家轮班拖木筏，而马尔克却没有动手。

一周之后，修好的留声机放在他的房间里，金属部分被涂成了青铜色，里里外外上了一层油，转盘上新蒙了一层毡垫。马尔克当着我的面上满发条，让没放唱片的深绿色转盘空转。他双手交叉抱在胸前，身边是那只站在白桦树枝上的雪枭。他的老鼠一动也不动。我背靠着那幅西斯廷圣母油画，要么盯着悠悠空转的转盘，要么从阁楼窗户望出去，越过一片红色的瓦顶，注视着基督教堂那座葱头形钟塔正面和东面的大钟。直到大钟敲响六点，从扫雷艇上弄来的这架留声机才停止了单调乏味的嗡嗡声。马尔克多次给音匣子上满发条，也要求我兴趣不减地参与他的这种新的仪式：倾听各种不同的、渐次变化的声音，注视每一次庄严肃穆的空转。那时，马尔克还没有一张唱片。

---

① 船舱之间防止漏水的隔壁。

书架上摆着许多书,长长的搁板已被压弯。他读的书很多,其中包括宗教方面的书籍。窗台上放着几盆仙人掌。除了"沃尔夫"级鱼雷艇和"蟋蟀"号通信舰的模型之外,还必须提及一只玻璃杯。它放在五斗橱上的洗手盆旁边,杯子里总是浑浊不清,下面沉积了一层食糖,大约有拇指那么厚。据说,这种糖水能够使马尔克天生长得稀疏的,而且趴在头皮上的头发变得硬起来。每天早晨,马尔克总要小心翼翼地搅动杯子里的水,让食糖溶成牛奶状的液体,却又不破坏前一天的沉淀物。有一次,他让我也试一试这种液体。我用梳子把糖水梳到头发里面。使用了这种定型溶液之后,头发果然变得服服帖帖、溜光溜光,并且一直保持到了晚上。我的头皮发痒,两只手由于在头发上捋了几下给弄得像马尔克那双手一样黏糊糊的。也许,这都是我事后的凭空想象,其实我的手一点儿也不黏糊。

他的母亲和姨妈住在楼下,那里共有三间屋子,但只用了两间。只要他在家,他的母亲和姨妈总是静悄悄的,甚至有点儿提心吊胆。她们为马尔克感到自豪,因为他即使不是班上最拔尖的学生,也是大家公认的好学生,成绩单可以为证。他比我们大一岁——这一点很容易贬低他的学习成绩,当初,他的母亲和姨妈足足晚了一年才让这个据她们说自幼体弱多病的男孩进入小学。

他不是一个想出人头地的人,读书不算十分卖力,允许别人抄自己的作业,从不打小报告,除了在体操课上,没有显露出过度的野心,而且公开鄙视和干预高年级学生常常搞的那种恶作剧。有一次,霍滕·索恩塔克在施特芬斯公园①的长凳旁边拾到了一个避孕套。他用一根树枝挑着带进了教室,然后把它翻过来套在教室大门的把手上面。他想捉弄一下参议教师特劳伊格,这个近视得厉害的教书匠本来早就应该退休了。有人在走廊里喊了一声:"他来了!"这时,马尔克从凳子上站了起来,不慌不忙地走过去,用一张包黄油面包的纸把避孕套从门把手上取了下来。

无人表示异议。他再一次向我们显示了他的本领。我现在可以说:他不是一个想出人头地的人,学习劲头平平,让大家抄他的作业,除了在体操课上之外,毫无野心,也不参与平常的恶作剧。所以,他又是另外一个完全与众不同的马尔克。他既以讲究的方式又以拘束的方式博得了人们的赞赏。他竟然愿意以后到马戏团去,没准还会登台表演;他取下黏糊糊的避孕套,借此练习如何扮演小丑,获得了大伙儿的低声赞许。当他在单杠上做着大回环的时候,圣母银像在健身房污浊的臭气里旋转,他这时几乎真的就是一个小丑。然而,大伙儿对马尔克的赞赏主要集中在暑假期间,集中在那艘沉船上,尽管我们几乎不可能把他那种着了魔似的潜水想象成为精彩的杂技表演。每当他一次又一次浑身哆哆嗦嗦、青一块紫一块地爬上舰桥,高举着捞上来的东西让我们看的时候,我们甚至连笑都没笑一下,最多半真半假地赞叹几句:"你小子可真棒!我多么希望能有你这样的精力啊。约阿希姆,你真是一条疯

_____

① 位于但泽市区与近郊朗富尔区之间的公园。

24

狗。你是如何把它弄下来的?"

喝彩让他感到心情舒畅,可以平缓他的喉结的跳动;喝彩又会使他难堪,给喉结的跳动以新的动力。他多半会拒绝给他带来新的喝彩的东西。他绝不是牛皮大王。你从来没说过:"你学学看。"或者:"今后一定会有人学我的样子做。"或者:"你们中间谁也不可能像我前天那样,接连潜下去四次,从沉船中部一直潜到厨房,弄上来一听食品罐头。那肯定是法国货,因为里面装的是烤蛙腿,味道有点像小牛肉。可你们竟然害怕,甚至在我吃了半听之后还是不愿尝一点儿。我接着弄上来第二听,还找到了一把开罐器,可惜,这一听已经变质了:咸牛肉①。"

不,马尔克从未讲过这样的话。他做的事总是不同寻常。比如,他从沉船的厨房里弄到许多食品罐头,从冲压上去的商标来看,都是英国货或法国货。他在水下还找到一把勉强尚能使用的开罐器。他在我们的眼前一声不吭地打开罐头,然后狼吞虎咽地吃起那些据说是烤蛙腿的东西。咀嚼吞咽的时候,他的喉结向上一蹿一蹿的——我忘了说一句,马尔克天生就很贪吃,尽管如此他还是骨瘦如柴。他吃下去一半之后,不紧不慢地把罐头递过来让我们尝尝。我们谢绝了,因为温特尔看着看着就禁不住爬到一个空的机枪转盘上面,朝着海港入口方向干呕了好一阵子。

在这顿炫耀式的美餐之后,马尔克当然也获得了喝彩。他不以

---

① 原文为英文。

为然地摆了摆手，然后将剩余的烤蛙腿和变了质的咸牛肉喂了海鸥。当他大吃大嚼时，海鸥就已经发疯地在他周围盘旋。最后，他用这两只铁皮筒玩起九柱戏来，把它们掷向停在船上的海鸥。他用沙子擦拭开罐器。对于马尔克来说，唯有这把开罐器才是值得保存的。像那把英国造的改锥和各种护身符一样，他此后也曾用一根绳子串着开罐器，把它挂在脖子上，即使算不上经常如此，至少也是在他打算到那艘波兰扫雷艇的厨房里寻找罐头的时候——他从来没有吃坏过肚子。他也把这玩意儿和其他东西一起藏在衬衣里面去上学，甚至戴着它去圣母院做晨祷。当马尔克跪在长凳上领圣餐时，他总是向后仰着头，舌头伸在外面，古塞夫斯基司铎为他放上圣饼。这时，站在司铎旁边的弥撒助手总要向他的衬衫领口里面窥探：开罐器在你的脖子下面同圣母银像和油光锃亮的改锥一道摆来摆去。我对你非常钦佩，虽然你对此并不在意。不，马尔克并不是一个想出人头地的人。

在马尔克学会游泳的那年秋天，他被撵出"德意志少年团"，转入了"希特勒青年团"①，因为他多次拒绝参加礼拜天上午的值勤，拒不带领他的小队——他是小队长——去耶施肯塔森林②举行队日活动。但他的这一举动至少在我们班里获得了大家的热烈赞扬。此

① 纳粹党在1926年建立了它的青少年组织：由十至十四岁男孩组成的"德意志少年团"，由十至十四岁女孩组成的"德意志少女团"，由十四至十八岁男青年组成的"希特勒青年团"，由十四至十八岁女青年组成的"德意志女青年联盟"，后来统称为"希特勒青年团"，1936年宣布为国家青年组织。自1939年起，每个适龄的青少年有义务加入相应的组织。

② 位于但泽市郊。

后,他还是像往常一样,冷静地、近乎有些尴尬地参加我们的集会活动,同时——仅是作为"希特勒青年团"的普通团员——照旧礼拜天上午不去值勤。他的缺席在这个全是由十四岁以上的男生组成的团体里很少引起人们的注意,因为"希特勒青年团"要比"德意志少年团"松散得多,是一个适合于像马尔克这种滥竽充数、纪律涣散的人的组织。一般说来,他并不是那种不合群的人,除了礼拜天之外,他也经常参加晚上的活动和学习①。只要空罐头盒的叮当响声不影响他礼拜天上午去做晨祷,他还是乐于参加当时经常组织的那些特别行动的,如搜集废品旧货②,为"冬令赈济会"③募集财物。在国家青年组织④里,马尔克这个团员始终默默无闻,也无任何特色,因为从少年团转入青年团并不是什么特别情况。然而,当沉船上的第一个夏天结束之后,他在我们学校里就已经获得了一个特别的、既不好也不坏的、具有传奇色彩的名声。

很明显,对你来说,上面提到过的青年组织是不能与我们的中学相提并论的;从长远的观点来看,它绝不仅仅是一所普普通通的完全中学,尽管它也有可爱得有些死板的校风,有花花绿绿的校帽⑤,也有所谓唤醒希望的校魂——你的行为想必助长了这些

---

① 指每个希特勒青年团员必须参加的政治学习。
② 第二次世界大战中,纳粹当局号召青少年组织经常挨家挨户搜集废铜烂铁,重新利用。
③ 1933年至1945年受纳粹党控制的德国慈善组织。
④ 指"希特勒青年团"。
⑤ 当时,每个完全中学都有各自的校帽。这种帽子的颜色不同,以便区别学校;帽子上缀有各种颜色的帽带,以便区别年级和班次。

希望。

"他到底是怎么回事?"

"我看他有点儿怪癖。"

"这也许与他父亲的死有关。"

"瞧他脖子上的那些玩意儿。"

"他老是去做晨祷。"

"可我说,他什么都不信仰。"

"他这个人太注重实际。"

"那个玩意儿该怎么理解呢?而且新近又添了花样。"

"你去问他好了,当初正是你把猫接到他的……"

我们思来想去,无法理解你的所作所为。你在学会游泳之前根本不值一提,只是偶尔被叫起来回答问题——你的答案多半准确无误,你的名字叫作约阿希姆·马尔克。我记得,在中学一年级时,也许还要迟一些,反正在你初学游泳之前,我们俩曾在同一条长凳上坐过一段时间。或许你的座位在我的后面,或许你和我坐在同一排,你在中间一行,而我则在靠窗户的那一行,紧挨着席林。据说,你升入中学二年级以后就不得不戴上了眼镜,但当初却压根儿就没有引起我的注意。另外,直到你能够自由自在地游泳,开始在脖子上套着一截鞋带时,我才发觉你一直就穿着一双高靿系带皮鞋。当时,一系列重大事件震撼了世界。马尔克的纪年标准是:游泳及格之前与游泳及格之后。战争在各地——并非一下子,而是渐渐地,首先在韦斯特普拉特岬角①,继而在广播里,然后又在报纸上——爆发的时候,他这个既不会游泳又不会骑车的中学生并没感到有什么特别。那艘后来为他提供初次登台表演机会的"鸥"级扫雷艇,曾经在普齐格湾②、但泽湾和赫拉渔港发挥它的军事作用,尽管只有短短的几个星期③。

波兰海军并不强大,但是很有志气。我们非常熟悉这些多半是在英国或法国下水的现代化舰艇,甚至能够准确无误地报出它们的武器装备、载重吨位和航行速度,就像我们能够报出所有意大利轻巡洋舰、巴西老掉牙的铁甲舰和浅水重炮舰的舰名一样。

后来,马尔克在这门学问④上也遥遥领先,他可以流畅地一口气报出许多日本驱逐舰的舰名,从一九二三年改进了的、速度较慢的"朝颜"级,直到一九三八年刚刚下水的、现代化的"霞"级,如"福米塔吉"号、"萨塔吉"号、"勇塔吉"号、"德风"号、"滩风"号、"追手"号等等。

波兰海军舰艇的数据他随口即可报出:"闪电"号驱逐舰和"雷霆"号驱逐舰,载重两千吨,航速三十九节⑤,战争爆发前两天驶往英国港口,此后被编入了英国海军。"闪电"号现仍保存完好,停泊在

---

① 位于维斯瓦河流入波罗的海的入海口附近,德军入侵波兰后,波兰军队曾在此进行了顽强抵抗。
② 普齐格湾,位于但泽西北,赫拉半岛与普鲁士西海岸之间。
③ 第二次世界大战爆发后,波兰海军的大部分舰艇被德国海军和空军击沉或俘获。
④ 第二次世界大战前夕,熟记各国军队武器装备在德国男孩中间十分时兴,作者将这种风气戏称为"学问"。下文提到的舰名及数据均与实际情况相符。
⑤ 航海术语,一节相当于每小时一海里。

格丁尼亚港,作为一座浮动的海军博物馆供学生参观。

载重一千五百吨、航速三十三节的"暴风雨"号驱逐舰沿着同一条航线逃到英国。在五艘波兰潜艇中,"狼"号和载重一千一百吨的"鹰"号——经过充满冒险的、没有海图和指挥官的航行之后——成功地驶入了英国港口,"猞猁"号、"野猫"号和"秃鹰"号在瑞典遭到羁押①。

战争爆发时,在格丁根、普齐格、海斯特内斯特、赫拉等港口停泊着下列舰只:法国造的老式巡洋舰"波罗的海"号,它当时已成为教练船和生活船;"兀鹰"号布雷舰,载重二千二百吨,装备精良,由勒阿弗尔②的诺尔芒造船厂制造,舰上通常可以携带三百枚水雷;"旋风"号驱逐舰;几艘前德国皇家海军留下来的鱼雷艇;六艘航速为十八节的"鸥"级扫雷艇,它们均装备了一门口径为七十五毫米的船头火炮和四挺旋转机枪,按照官方的说法,可以携带二十枚水雷,既可布雷亦可扫雷。

在这几艘一百八十五吨级的扫雷艇里,有一艘是专门为马尔克制造的。

但泽湾的海战从九月一日持续到十月二日,赫拉半岛投降之后,单纯从表面上来看,当时的战绩如下:波兰的"兀鹰"号布雷舰、"旋风"号驱逐舰和"波罗的海"号巡洋舰以及三艘"鸥"级扫雷艇——

---

① 按照国际法规定,交战国的舰船如果侵入中立国,将被羁押。瑞典在第二次世界大战中一直保持中立。
② 法国第二大海港,位于西北部塞纳河口。

"海鸥"号、"燕子"号和"白鹭"号被击沉在港内;德国的"勒伯莱希特·马斯"号驱逐舰被岸炮击伤,"M-85"号扫雷艇在海斯特内斯特东北部海面被一枚波兰潜艇发射的鱼雷击中,沉入海底,艇上三分之一的人员丧生。

波兰的其余三艘"鸥"级扫雷艇受到轻微损伤,被德军俘获。"仙鹤"号和"鸥"号不久就被改名为"奥克斯特雷夫特"号和"韦斯特普拉特"号继续服役。第三艘扫雷艇——"云雀"号则在从赫拉拖入但泽新航道的过程中触礁沉没,在那里等待着约阿希姆·马尔克的到来,因为正是他在第二年的夏天摸到了一块小小的铜牌,上面镌刻着"云雀"几个字。后来听人说,当时一名波兰海军军官和一名海军军士被迫在德军的监视下驾驶这艘扫雷艇,他们按照众所周知的"斯卡帕湾模式"①使该舰灌满了海水。

由于各种原因,它沉在主航道和新航道导航浮标的外侧,正好在有利于打捞的一片沙洲上面,然而它却一直没有被打捞上来。在以后战火纷飞的几年里,它的舰桥上部、部分舷栏杆、弯曲的通风管道以及被拆卸了大炮的支架始终矗立在海面上。人们起初感到陌生,慢慢也就习惯了。它为你——约阿希姆·马尔克提供了一个目标,就像一九四五年二月在格丁尼亚港入口处被炸沉的那艘"格奈森瑙"号②战列舰成了波兰学生的目标一样。不过,在那

---

① 斯卡帕湾是英国海军的重要基地。1918 年底至 1919 年初,德国远洋舰队被扣留在斯卡帕湾。为了不让德国军舰编入英国海军,德国水兵凿沉了所有军舰,被称为"斯卡帕湾模式"。

② "格奈森瑙"号,德国的一艘二万六吨级战列舰。

些潜到水下、掏出"格奈森瑙"号内脏的波兰男孩们中间,是不是也有人像马尔克那样对潜水迷恋到如此地步,这将永远不为人们所知。

第 三 章

　　他长得并不漂亮。他本该去修理一下他的喉结。所有的毛病恐怕都出在那块软骨上。

　　这个东西也有它的对称物。人们不能一厢情愿地用是否匀称来说明一切。他从未在我的面前暴露过自己的内心世界。我也从未听他谈过自己的思想。他对自己的脖子及其众多的对称物更是讳莫如深。他将夹心面包带到学校和浴场,在上课期间和游泳之前吃掉这些抹着人造黄油的面包。这只是又一次暗示那只老鼠的存在,因为这只老鼠也在一同咀嚼,而且永远也吃不饱。

　　他仍然朝着圣母祭坛祈祷。对于那个被钉在十字架上的男人,他并无特别的兴趣。引人注目的是,当他双手交叉时,喉结一上一下的动作并没有消失,甚至一刻未停。他一边祈祷,一边慢慢地咽口水,试图通过这种别具风格的动作,把人们的注意力从一部始终在运行的升降机上引开。这部升降机位于衬衣领口和用细绳、鞋带、项链系着的垂饰物的上方。

　　他平素与姑娘们没有什么交情。他有过一个姐妹吗？我的表妹们帮不了他的忙。他和图拉·波克里弗克①的关系当然不能算数，但也有其独特之处，作为一个杂技节目——他的确想当一名小丑演员——倒也是挺不错的。图拉身材苗条，两腿细长，她本来完全可以当个男孩。第二年夏天，当我们在沉船上解小便，或者为了爱惜游泳裤，光溜溜地、无所事事地躺在锈迹斑驳的甲板上时，这个由着性子跟我们一块儿游泳的弱不禁风的小姑娘在我们面前一点儿也不感到害羞。

图拉的脸可以用一幅由句号、逗号和破折号组成的图画再现出来。她的脚趾之间一定长着一层蹼膜，所以她可以轻飘飘地浮在水面。即使是在沉船上，周围净是海藻、海鸥和略有酸味的铁锈，她的身上仍然发出一股骨胶的味道，因为她父亲整天都在她舅舅的木匠铺里和骨胶打交道。她由皮肤、骨骼和好奇心组成。每当温特尔或者埃施再也忍耐不住，做出他们那小小的把戏时，图拉总是用手托着下巴默默地注视着他们。她蹲在温特尔的对面，背上显出高高的脊梁骨，嘴里不住地埋怨："你这家伙，总是这么慢吞吞的。"温特尔每次要花很长时间才能完成那小小的把戏。

当那团东西终于流了出来，落到铁锈上之后，图拉才开始变得手忙脚乱。她匍匐在甲板上，眯缝着眼睛，看啊，看啊，试图从中发现什么谁也不知道的东西。她又蹲了一会儿，然后用膝盖撑地，轻巧地站了起来，两腿呈 X 形，灵活的大脚趾搅动着那团东西，直到它泛起锈

---

① 少女图拉·波克里弗克也是但泽三部曲的第三部《狗年月》(1963)里的人物。

红色的泡沫。"嘿！真棒！你现在也来一次吧，伙计！"

图拉对这种确实没什么危险的游戏从不感到厌倦。她瓮声瓮气地央求道："再来一次吧！谁今天还没干过？现在该轮到你啦！"

她总能找到一些蠢人和好心人，他们即使对此根本没有兴趣，但也愿意去干那件事儿，好让她有东西可看。在图拉找到合适的话采用激将法之前，唯一没有参与此事的是以游泳和潜水技能著称的约阿希姆·马尔克。因此，有必要在此叙述一下这场比赛。当我们单独或者几个人一起——就像忏悔箴言中所说的那样——从事那件《圣经》里已经出现过的活动时，马尔克总是穿着游泳裤，专心致志地望着赫拉半岛。我们敢肯定，他在家里，在自己的房间里，在雪枭和西斯廷圣母之间，也会进行这种运动。他刚从水下上来，像往常一样浑身发抖，他没有摸上来任何值得炫耀一下的东西。席林已经为图拉干了一次。一艘海岸机动船依靠自己的动力驶入港口。"再来一次吧！"图拉乞求席林，因为他干得最棒。停泊场里没有一条船。"游泳之后干不了。明天再说吧。"席林敷衍了几句。图拉用脚后跟一转，踮起脚尖，几个脚趾分得很开，一摇一晃地走到马尔克的面前。马尔克一如往常，蹲在罗经室后面的阴影里瑟瑟颤抖。一艘有船头火炮的远洋拖轮驶出港口。

"你也能行吗？就干一次。难道你干不了？不想干？不敢干？"

马尔克从阴影里探出半截身子，先用手心，又用手背，从左右两边摸了摸图拉那张五官紧凑的小脸。他脖子上的那个东西在无拘无束地跳动。那把改锥像是发了疯。图拉当然不会用眼泪去感化他。

她抿着嘴,扑哧一笑,在他面前打了个滚,舒展柔软的四肢,毫不费力地做了一个桥式动作①,然后从自己的两条细腿之间望着马尔克,直到他——这时又已缩回到阴影里——说:"那好吧!为了让你闭上嘴巴。"这时,那艘拖轮改变了航向,转向西北。

当马尔克把游泳裤脱到膝部时,图拉立刻直起身体,双腿交叉,蹲在那里。孩子们瞪圆了眼睛看着这场木偶戏:马尔克用右手抚弄了几下,他的小尾巴就挺了起来,龟头从罗经室的阴影里伸出来,晒到了太阳。直到我们大家围着他站成了一个半圆形,马尔克的小不倒翁才重新缩回阴影里。

"让我稍微摸一摸好吗?就一下。"图拉张着嘴巴。马尔克点了点头,垂下右手,握成拳头。图拉那两只始终带有划伤的手摸着那个玩意儿,显得有些不知所措,在指尖哆哆嗦嗦的触摸下,那个玩意儿渐渐增大,血管膨胀,龟头一探一探。

"给他量一量!"于尔根·库普卡喊道。图拉张开左手量了一下:一拃再加大半拃。有一两个人低声说道:"少说也有三十厘米。"这当然有些夸张。在我们中间,席林的小东西最长。他被迫掏出那个玩意儿,让它勃起,伸到马尔克的旁边比试。马尔克的不仅粗一号,而且还长出大约一个火柴盒,此外,看上去也更加成熟,更加咄咄逼人,更加值得崇拜。

他为我们又表演了一次,紧接着又表演了一次,这样他就连续两

---

① 体操术语,即向后弯腰,两手撑地。

次引鼠出洞——这是我们当时的说法。马尔克站在罗经室后面弯弯曲曲的舷栏杆前,两膝微曲,出神地望着新航道导航浮标那边,目送着渐渐远去的远洋拖轮喷出的淡淡的烟。一艘正在驶出港口的"鸥"级鱼雷艇也没能引开他的注意力。他让我们看见一幅从甲板上轻轻踮起的足尖直到中分头的头路构成的侧面像。值得一提的是,他那性器的长度抵消了平时引人注目的凸出来的喉结,使他的体态获得了一种即使略有异常但却适度有节的和谐。

马尔克刚刚将第一批积蓄越过舷栏杆喷射出去,就立刻开始准备第二批。温特尔用他那块防水手表测定时间:马尔克所需的时间恰恰是那艘出港的鱼雷艇从防波堤驶到导航浮标所花费的时间。当鱼雷艇穿过导航浮标时,他射出了和第一次一样多的东西。它们飘浮在平静的、偶尔起伏的海面上。海鸥成群地扑上去,尖叫着希望得到更多更多。我们笑得前仰后合。

这种表演约阿希姆·马尔克不必重复,也不用提高难度,因为我们中间还没有任何人能够打破他的纪录,至少在游泳和费劲的潜水之后。我们无论做什么事,都像从事体育运动那样遵守规则。

他给图拉·波克里弗克留下的印象大概最为直接。有好一阵子,她总是跟在他的后面。在沉船上,她也老是蹲在罗经室的附近,两眼紧盯着马尔克的游泳裤。她曾求过他好几次,可他都拒绝了,而且一点儿也不生气。

"难道你要为此忏悔吗?"

马尔克点了点头。为了吸引她的目光,他开始摆弄那把用鞋带系住的改锥。

"带我下去一次好吗？我一个人害怕。我敢打赌，下面一定还有死人。"

马尔克也许是出于教育方面的原因把图拉带进了沉船的前舱。他们俩潜下去的时间太长，当他把她托上来时，她已经完全趴在他的身上，脸色又灰又黄。我们只得赶紧将她那轻盈的、到处都很平坦的身体整个地倒了过来。

从那天以后，图拉·波克里弗克很少再上沉船。她比其他同龄的姑娘要能干得多。沉船里的死水手这个不朽的传说越来越搅得我们心烦意乱，并且也成了她的主要话题。"谁要是给我把他捞上来，谁就可以有一次机会。"这是图拉许诺的报酬。

我们大家当时好像都潜入了沉船的前舱。马尔克还进了轮机舱，尽管他不肯向我们承认。我们四处寻找一个差不多已被海水泡化了的波兰水兵，绝对不是为了试试那个尚未成熟的东西，而只是为找而找，仅此而已。

但是，除了几件缠满海藻的破衣烂衫之外，就连马尔克也没能找到任何东西。从破衣烂衫里蹦出来几条刺鱼。海鸥发现了什么，互相祝愿胃口好。

不，马尔克并没有看上图拉，尽管听说她后来的确跟他玩过。他不合姑娘们的胃口，自然也不合席林的妹妹的胃口。他曾经像一条鱼似的瞅着我那两个从柏林来的表妹。倘若他真有什么事儿，那不过就是和男孩子们搞的名堂。我并不想说,马尔克搞同性恋。那几年,我们经常在浴场和沉船之间游来游去,大家都不太清楚,我们到底是男孩还是女孩。实际上,在马尔克的眼里,如果存在女人的话,那么也只有天主教的圣母玛利亚才能算得上,尽管后来似乎有过一些与此相抵触的传闻和事实。仅仅是为了她,他才把所有可以挂在脖子上的东西统统带进了圣母院。他的所作所为——从潜水到后来更多是表现在军事方面的成绩——都是为了她或者——我难以自圆其说——只是为了把人们的注意力从他的喉结上面引开。除了圣母玛利亚和老鼠,这里还可以举出第三个主题:我们那所高级文理中学。这所散发着霉味、通风条件恶劣的学校,尤其是那个礼堂,对于约阿希姆·马尔克来说非常重要,它们后来逼你做出了最后的努力。

现在该是讲一讲马尔克的面容的时候了。我们中间有几个是战争的幸存者,住在小的小城市和大的小城市,身体发了福,头发脱落了,口袋里有了几个钱。席林住在杜伊斯堡;于尔根·库普卡住在不伦瑞克,前不久移居到加拿大。我一见到他们,两人立刻就谈起那个喉结:"哦,他的脖子上长着好大一个东西。我们将一只猫弄到他的面前,还是你把猫按到他的脖子上的……"我赶忙打断他们的话:"我不想提这些,只谈谈那张面孔。"

我们暂时取得了一致的意见:他的眼珠是灰色的,或者是蓝灰色的,反正不是棕色的,明亮但不发光。面庞狭长、瘦削,颧骨四周肌肉发达。鼻子不算太大,肉乎乎的,遇上冷天很快就会变得通红。那个凸出的后脑勺前面已经提到过了。我们很难就马尔克的上嘴唇取得统一的看法。于尔根·库普卡赞同我的意见：它朝外翻,遮不住上颌的两颗门牙,况且这两颗门牙长得也不直,像野猪獠牙似的斜向两边——潜水时当然例外。然而,我们也有些怀疑,因为我们记得图拉的上嘴唇也朝外翻,门牙总是露在外面。最后,我们仍然无法确定,是否在上嘴唇这件事上把马尔克和图拉搞混了。也许只是图拉的上嘴唇朝外翻,因为她的的确确有一片朝外翻的上嘴唇。

席林住在杜伊斯堡。因为他妻子不满意未经事先预约的拜访,我们只好在火车站前的小吃店里碰头。他使我想起曾经在我们班里引起了一场历时数日争吵的那幅漫画。大概是在一九四一年,我们班里来了一个高个子的家伙,他说起话来结结巴巴,但却能言善辩。他们全家是从波罗的海东岸三国①迁来的。他出身高贵,父亲是个男爵。他衣着时髦,会讲希腊语,闲谈起来滔滔不绝,冬天总戴着毛皮帽子。他姓什么来着?反正名字是叫卡莱尔。他擅长绘画,动作快极了,按照图样画或者不按照图样画都行。被狼群围在中间的马拉雪橇;喝醉酒的哥萨克骑兵;像是出自《前锋》杂志②的犹太人;骑在狮子背上的裸体女郎,大腿又细又长,像瓷器一样光滑,画得并不下流;用牙齿撕碎小孩儿的布尔什维克分子;穿着查理大帝③的服装

---

① 波罗的海东岸三国指爱沙尼亚、拉脱维亚和立陶宛。
② 纳粹党在 1923 年至 1945 年间办的一个反犹太人刊物,经常刊登一些丑化犹太人的讽刺漫画。
③ 查理大帝(742—814),法兰克国王(766—814),德意志神圣罗马帝国皇帝(800—814)。

的希特勒;方向盘前坐着女士的赛车,长长的披巾随风飘舞。他能够迅速而熟练地画出老师和同学的漫画像,或用画笔、钢笔、红铅笔画在任何一张纸片上,或用粉笔画到黑板上。马尔克的像他肯定不是用红铅笔画在纸上的,而是用写起来嘎吱作响的教学粉笔画到了教室里的黑板上。

他画的是正面像。马尔克此时已经留上了那种矫揉造作的、用糖水固定的中分头。他将马尔克的脸画成一个下巴尖尖的三角形,嘴巴绷得紧紧的。那两颗露在外面、让人觉得像是野猪獠牙的门牙,他倒是没画出来。眼睛成了两个引人注目的圆点,眉毛痛苦地向上扬着。脖子画得稍稍有些扭歪,差不多成了侧面图,这样一来便突出了喉结所产生的怪物。在脑袋和痛苦的表情后面罩着一轮圣光:救世主马尔克完美无瑕,具有永恒的魅力。

我们坐在长凳上怪声大笑,直到有一个人揪住了漂亮的卡莱尔的衣襟,我们方才醒悟。这人先是赤手空拳地扑上讲台,然后又从脖子上扯下了那把不锈钢改锥准备大打出手。我们好不容易才将两人分开。

是我用海绵擦去了黑板上你的那幅救世主画像。

第 四 章

　　说句既是玩笑又非玩笑的话：你也许没有当成小丑演员，反倒成了一个类似时装设计师的人物。因为在第二个沉船之夏过后的那个冬天①，正是马尔克将所谓的流苏带入了这个世界。一根编织的毛线系住两个或单色或杂色、约莫乒乓球大小的羊毛小球，像一条领带似的垂在衬衫领口的下方，前面系上一个结，以便两个小球能像蝴蝶结似的横在两边。我经过证实得知，从战争爆发后的第三个冬天起，几乎在整个德国，特别是北部和东部，人们开始戴上了这种小球或者流苏——这是我们的叫法，在完全中学的学生中间尤为流行。在我们那里，马尔克是最先戴的，其实，他自己完全能够发明出来。也许他真的就是发明者。据他声称，他让他的苏茜姨妈用碎羊毛、粗细不均的旧毛线和他去世的父亲留下的补了又补的羊毛袜，做了好几对流苏。于是，他把它们套在脖子上，堂而皇之地带进了学校。

　　十天以后，这种流苏开始出现在纺织品商店，最初还只是怕难为

---

　　①　即 1941 年至 1942 年冬天。

情似的放在收款台旁边的纸盒里,不久则在玻璃橱窗里漂漂亮亮地公开亮了相,而且是免证供应——这一点尤为重要。此后,它们从朗富尔区出发,不受限制地开始了进军德国东部和北部的胜利之行。甚至在莱比锡,在皮尔纳,渐渐地也有人戴上了这种东西——我可以举出许多见证人。几个月之后,它们又零零星星地出现在莱茵兰和普法耳茨地区,这时马尔克已经把流苏从脖子上取了下来。我至今仍然清楚地记得马尔克把他发明的东西从脖子上取下来的那一天。对此下文将会提及。

我们后来又戴了很长时间流苏,而这完全是出于抗议。我们学校的校长、高级参议教师克洛泽认为,戴这种流苏太女人气,配不上一个德意志的年轻人,因此他禁止在教学大楼和校园里戴流苏。然而,许多人只是在上克洛泽的课时才遵守这项作为通报在每个班级都宣读过的规定。说起流苏,我倒想起了"布鲁尼斯老爹"。这个退休的参议教师在战争期间被重新招到讲台前面。他倒是觉得这种花花绿绿的玩意儿挺有趣儿,在马尔克不戴以后,他还有过那么一次或两次,把流苏系在浆过的衣领前面,吟起艾兴多夫的诗句:"阴暗的山墙,高大的窗户……"①他也吟诵其他诗句,但无论如何也是艾兴多夫的,这是他最喜欢的诗人。奥斯瓦尔德·布鲁尼斯爱吃零食,尤以甜的东西为最。后来,他在教学大楼里被人抓走了,据说是因为他私吞了应该发给学生的维生素糖衣片,或许还有政治方面的原

---

① 艾兴多夫(1788—1857),德国浪漫主义诗人和小说家。这两句诗是他的《但泽》(1842)一诗的开头两句。

因——布鲁尼斯是共济会①成员。不少学生受到传讯。但愿我当时没有说他的坏话。他那个长得像洋娃娃似的养女正在学习芭蕾舞，她穿着黑色的丧服走过大街小巷。他们将他送到了施图特霍夫②——他永远地留在了那里——这是一个神秘而复杂的故事，与马尔克毫无关系，把它留给别人在其他地方去诉诸笔墨吧③。

现在还是回到流苏的话题。马尔克发明这种东西，当然是想为他的喉结带来一些好处。有一段时间，它们的确可以让那种难以抑制的跳跃平静下来。但是，当流苏到处流行起来，甚至成为整个年级的时尚之后，它在它的发明者的脖子上就再也不那么引人注目了。一九四一年至一九四二年冬天对于他来说一定糟糕透了，既不能潜水，流苏也失灵了。我经常看见约阿希姆·马尔克孤零零地走在东街上。他穿过熊街，朝着圣母院方向走去，那双黑色的高靿系带皮鞋把煤灰路面上的积雪踩得嘎嘎直响。他没有戴帽子。两只红通通的招风耳光滑透亮。抹了糖水、已经冻硬了的头发自头上的旋儿开始，从正中向两边分开。眉尖紧锁，面露愁容，一双大大的眼睛看上去比平时更加淡而无光。外套的领子翻了起来，这件外套也是他父亲的遗物。紧挨着尖尖的，甚至有些干瘪的下巴颏围着一条灰色的羊毛围巾，上面别着一枚很大的、老远就看得见的别针，以防它滑落下来。

---

① 世界性的秘密组织，起源于中世纪石匠与建筑工匠行会团体。1933年纳粹上台以后，共济会被宣布为非法组织予以取缔。
② 位于但泽以东三十六公里的小镇，第二次世界大战期间设有一个集中营。
③ 在小说《狗年月》里，主人公哈里·利贝瑙描述了施图特霍夫集中营。

每走二十步,他总要从外套口袋里伸出右手,检查一下脖子前面的围巾乱了没有。我曾经见过一些丑角演员戴着这么大的别针表演,如喜剧小丑格洛克①、电影里的卓别林。马尔克也在练习。男人,女人,休假的军人,孩子,零星地或成群地从雪地里朝他走来。所有的人,包括马尔克,都从嘴里呼出白色的雾气。雾气又顺着肩膀飘到身后。所有迎面而来的目光都不约而同地投向了那枚滑稽的、非常滑稽的、非常非常滑稽的别针——马尔克心里大概会这么想。

在这个寒冷而干燥的冬天,我和从柏林来此度圣诞节假期的两个表妹曾经进行了一次远足。为了凑成对儿,叫上了席林。我们越过结冰的海面,去那艘被冰封住了的扫雷艇。我们稍微吹了点牛皮,想让这两个娇滴滴的柏林姑娘开开眼界,瞧一瞧我们的沉船。她们俩长得都挺漂亮,有着金黄色的鬈发。我们还希望,能在沉船上同这两个在有轨电车里和沙滩上装作羞答答的小妞,干点什么就连我们自己也不清楚的好事。

然而,这个下午却全让马尔克给搅和了。破冰船多次往返于通往港口的航道,所以在沉船的前面堆积了许多冰块,重重叠叠,犬牙交错,形成了一道布满裂缝的冰墙,甚至把舰桥都遮住了一部分。风儿吹来,冰墙呼呼作响。席林和我爬上约莫一人高的冰墙,首先看见了马尔克。我们把姑娘也拉上了冰墙。舰桥、罗经室和舰桥后面的

---

① 格洛克(1880—1959),原名阿德里安·韦塔赫,瑞士著名丑角演员。

通风管道以及其他露在冰上的东西形成了一块涂了一层蓝白色釉彩的糖果，一轮冻僵了的太阳正在徒劳地舔着它。没有一只海鸥。它们恐怕都在远处的海面上，围绕着停泊场被冰封住的货轮上的垃圾盘旋。

马尔克自然已将外套的领子翻了起来，紧挨着下巴颏儿裹着围巾，前面别着那枚别针，头上什么都没戴，仍然留着中分头。马尔克那两只招风耳倒是套上了那种运垃圾和啤酒的工人常戴的、黑色的圆形耳套，固定耳套的是一个铁皮弓架，它像横梁似的正好与头发的中缝交叉。

他正在沉船前舱上的冰面上忙碌着，没有发现我们。想必他已经干得浑身发热了吧。他试图用一把灵巧轻便的斧子凿穿那里的冰层，前舱那个开着的舱口大概就在那层冰的下面。他迅速而敏捷地挥动斧子，砍出了一道环形的、约有下水道盖子大小的裂口。席林和我从冰墙上跳下去，又把姑娘们接了下来，将她们一一介绍给马尔克。他肯定没有脱下手套，只是把斧子换到左手，伸出热乎乎的右手和每个人握了握。我们把手刚缩回来，他的右手立刻又握住斧子，朝着裂缝砍了起来。两个姑娘嘴巴略微张着站在旁边。细小的牙齿冻得冰凉。呼出的气在头巾上结成了一层白霜。她们睁大发亮的眼睛紧盯着铁斧和冰面撞击的地方。席林和我无所事事地站在一旁，开始谈起他潜水的事迹和夏天发生的事情，尽管我们俩都对马尔克大为恼火。"告诉你们吧，他曾经捞上来不少小牌子，还有灭火器、罐头什么的，用开罐器打开，罐头里面净是人肉；他还搞上来一台留声机,你们猜猜,从里面爬出什么东西来了? 有一次,他还……"

姑娘们没有完全听明白。她们提了一些极其愚蠢的问题,还用"您"来称呼马尔克。他一刻不停地砍着,只是当我们在冰上过分夸张地大声赞扬他的潜水事迹时,他才摇摇戴着耳套的脑袋。他没有忘记用那只没握斧子的手摸摸他的围巾和别针。我们说得口干舌燥,浑身也都冻僵了。每砍二十下,他就休息一下,趁这工夫说上几句谦虚的话,介绍一点客观情况,连腰都顾不上完全伸直。他肯定而又尴尬地强调了几次较小的潜水试验,但却避而不提那些危险的远征;他谈得较多的是他的工作,而不是他在这艘沉没的扫雷艇装满海水的船舱里进行的冒险。那道裂缝越来越深地进入冰层。我的表妹们并没有让马尔克迷住,因为他的词句始终那么平淡无味,一点幽默感也没有。这两个小妞大概从未同这样一个像祖父一样戴着黑色耳套的人物打过交道。席林和我仍然无所事事,流着清鼻涕,狼狈地站在旁边,他简直把我们当成了两个冻得浑身哆嗦的见习水手,以至于姑娘们也对我和席林另眼相待了。甚至在回去的路上,她们还一直显得挺傲慢。

马尔克不肯走,他要把那个窟窿凿穿,以便证明他选择的那个位置正好是在舱口的上面。虽然他没说"你们等到我凿穿再走吧"这类的话,但是,当我们已经站在冰墙上时,他却把我们起程的时间拖延了大约五分钟。他一直躬着腰,压低声音说着什么,并非冲着我们,而是朝着停泊场被冰封住的那些货船。

他请我们帮帮他。也许他是客客气气地下了一道命令? 他要我们把小便尿进他用斧子砍出来的裂缝，让温热的尿把冰化开，至少是把它弄软一点儿。席林或者我刚想说："这是不可能的事！"或者："我们在来的路上已经撒过尿了。"我的表妹们就已经大声嚷了起来，表示愿意帮忙。"哎，你们快把脸转过去！还有您，马尔克先生。"

马尔克告诉她们俩应该蹲在什么位置，他说，小便必须始终尿在同一个地方，否则就不起作用。然后他也爬上冰墙，和我们一起把脸转向沙滩。伴随着窃笑私语，我们身后响起了一阵二声部的小便声。我们眺望着布勒森海滨沙滩和结冰的栈桥上黑压压的人群。海滨林荫道旁的十七棵白杨树披上了一层冰衣。布勒森的那片小树林的上方露出一个方尖塔，那是阵亡将士纪念碑。塔尖上的金球向我们发出令人激动的闪光信号。到处都使人感到这是礼拜天。

姑娘们提好滑雪裤之后，我们跳下冰墙，踮着脚尖站在裂缝的四周。那儿仍在冒着热气，特别是马尔克预先用斧子打过叉的两处。淡黄色的尿积在冰缝里，沙沙地响着，一点点地向下渗透。冰缝的边缘渐渐地变成了黄绿色。冰在低声哭泣。浓烈的臊味始终不散，因为这里没有任何压得住它的气味。马尔克又用斧子砍了起来，臊味变得愈加浓烈了。他从冰缝处扒出来的冰碴儿足足可以装满一只普通提桶。在那两处打过叉的地方，他轻而易举地加深了冰缝的深度，凿出了两口"竖井"。

被尿泡软的冰碴儿堆在一旁，很快就又被冻硬了。他又选了两处，画上了标记。姑娘们把脸扭向一边。席林和我解开裤扣，准备帮助马尔克。我们又化开了几厘米冰层,钻出了两个不算很深的新的窟窿。他没有撒尿。我们也没要求他,相反倒是担心姑娘们可能会怂恿他这么做。

我们刚刚撒完尿,我的表妹们还没来得及开口,马尔克就打发我们走了。我们重新爬上冰墙,望着身后,只见他将别着别针的围巾朝上拉了拉,遮住下巴和鼻子,但没让脖子露出来。带有红色和白色斑点的羊毛小球,或者说流苏,暴露在围巾和外套领子之间。这时,他已经弯下腰,继续凿那道我们和姑娘们正在谈论的冰缝。在他和我们之间出现了一层层薄薄的雾霭,宛若洗衣房里的雾气,阳光在费力地穿透它们。

在回布勒森的路上,我们的话题一直围绕着他。两个表妹交替或同时提出一些并非都能得到解答的问题。小表妹想知道,马尔克为何把围巾系得这么高,紧挨着下巴颏儿,像绑在脖子上的一根绷带似的。大表妹也提起了这条围巾。席林抓住这个小小的机会,开始描述马尔克的喉结,好像是在谈论一个鸡嗉子。他摘下滑雪帽,用手指把头发从中间分开,夸张地做出吞咽东西的动作,学着马尔克那样咀嚼,引得姑娘们哈哈大笑,都说马尔克真够滑稽的,大脑肯定有点儿不正常。

我也为此做出了一份微薄的贡献,介绍了你与圣母玛利亚的关系。然而,尽管取得了这次有损于你的小小的胜利,我的表妹们一周之后还是返回了柏林。我们和她们除了在电影院里有过几次平平常常的拥抱和接吻之外，没能干出任何放纵的事来。

　　此事不能再隐瞒下去了：第二天，我一大早就乘有轨电车去了布勒森。在海滨的浓雾下，我走在冰上，差点儿错过了那艘沉船。我找到了前舱上方的那个已经凿成的冰窟窿，费力地用鞋跟踩，用悄悄带来的一根父亲散步时用的手杖戳，弄碎了那层经过一夜又冻得可以载人的冰，又用带铁头的手杖捅进这个灰暗的、满是冰碴儿的窟窿。手杖几乎没到了杖柄，水也差点湿了我的手套。铁头触到了前甲板。不，并非触到前甲板。我先是将手杖伸进了一个无底的深渊，在沿着冰窟窿的边缘向旁边探索时，突然遇到了水下的障碍。我感到了铁器与铁器的碰击：这里正好是前舱那个没有盖子的、敞开着的舱口。倘若将两个盘子重叠在一起，舱口就像那个下面的盘子，正好位于冰窟窿的下方。撒谎！没有这么精确，也不可能这么精确。不是舱口大一点儿，就是冰窟窿大一点儿。当然，舱口的的确确是在冰窟窿的正下方。我不由得为约阿希姆·马尔克感到自豪，心里甜丝丝的，像是嚼着一颗乳脂奶糖。我真想把自己的手表送给你。

　　那块圆形的冰块准有四十厘米厚，平躺在窟窿的旁边，我在上面足足坐了十分钟。在冰块下部约三分之二厚的地方，还有前一天留下来的一圈淡黄色的尿迹。我们帮了他的忙。当然，马尔克一个人也可以凿出这个窟窿。要是没有观众，他也能行吗？他是不是有一些只想留给自己看的东西呢？要是我再不前来赞赏你的话，那么，就连海鸥也不会飞到前舱上空，欣赏你凿出来的这个冰窟窿。

他始终拥有观众。哪怕是单独一人在冰封的沉船上开凿那道圆形的冰缝，圣母玛利亚也始终没有离开他的身前身后。她注视着他的斧子，为他感到欢欣鼓舞。我现在这么说，教会怕是不会赞同我的意见的。然而，即使教会没有权力将圣母玛利亚视为马尔克表演节目时的坚定不移的见证人，那么，她自己毕竟一直在全神贯注地观察着他。我对此了解得一清二楚，因为我当过弥撒助手，先是在圣心教堂，辅助维恩克司铎，然后又在圣母院辅助古塞夫斯基司铎。当我多半由于年龄增长而对圣坛的魔力失去信念之后，我也仍然去帮忙。这件事为我带来了乐趣。我总是尽心尽力，不像平时做事那样拖泥带水。我当初不清楚，至今仍然不清楚，在仪式前后或者在存放圣饼的神龛里是否真有什么……不管怎样，当我作为两个辅弥撒助手中的一个站在古塞夫斯基司铎旁边时，他总是很高兴的。因为，我从来不在祭献和变体①之间交换香烟广告图片——这在其他弥撒助手中间十分流行——从来不耽误摇铃②，从来不拿弥撒仪式上的葡萄酒去做生意。其他那些辅弥撒助手是些极其恶劣的家伙，他们不仅在圣坛的台阶上传看一些男孩子爱玩的东西，用硬币或损坏的滚珠轴承打赌，而且还在神父做弥撒前的祈祷时相互考问一些有关已经沉没或尚未沉没的军舰的技术细节。他们要么根本就不朗诵祈祷文，

———————

① 祭祀与变体均为天主教会使用的神学名称。
② 天主教仪式通常是用拉丁文，为了照顾一些不懂拉丁文的信徒，弥撒助手常在神甫讲到一些重要事项时摇一下铃。

要么就在两句拉丁文之间进行一次问答。"我进到上帝的祭坛前……'埃里特雷阿'号巡洋舰是哪一年下水的？……一九三六年。它有什么特点？……到了欢悦我的青春的上帝前……它是意大利派往东非的唯一的巡洋舰。排水量？……上帝是我的勇力。两千一百七十吨。航速？……我进到上帝的祭坛前……不知道。武器装备？……有如当初那样……六门一百五十毫米火炮,四门七十六毫米火炮……不对！……现在和将来……完全正确。德国的两艘炮兵训练舰叫什么？……直至永远,阿门……'布鲁梅尔'号和'布莱姆塞'号①。"

后来,我不再定期去圣母院辅弥撒了,只有古塞夫斯基司铎派人来请才去。他的那些弥撒助手经常为礼拜天的越野行军②,或为"冬令赈济会"募捐而将他弃置不顾。

上面说的这些话只是为了描述一番我在中央圣坛前面的位置。当马尔克跪在圣母祭坛前面时,我从中央圣坛可以看见他。他居然能够祈祷！他的眼睛像小公牛似的,目光越发呆滞,嘴角不停地抽动,好似要吐出一腔幽怨。被抛上沙滩的鱼儿一次又一次徒劳地鼓鳃换气。这情景也许可以说明马尔克的祈祷到了何等忘我的地步:当古塞夫斯基司铎和我走遍了所有领圣餐者的长凳,来到马尔克面前时,他和往常一样心虔志诚地跪在圣坛的左侧,围巾和那枚硕大的别针垂在胸前。他眼神凝滞,留着中分头的脑袋朝后仰着,舌头伸在

---

① 文中的红字原文为拉丁文。以下亦同。
② 纳粹青年组织的一种准军事训练。

外面,这样一来那只活泼的老鼠就露了出来,我甚至可以用手把它逮住。这只小动物在毫无保护的情况下蹿上蹿下。约阿希姆·马尔克或许也已察觉,他的那个引人注目的东西露在外面,不停地抽搐。他夸张地做出想咽东西的动作,大概想借此把站在一侧的圣母玛利亚的那双玻璃珠眼睛吸引过去。我不能够也不愿意相信,你曾经在没有任何观众的情况下做过任何一件微乎其微的小事。

第 五 章

　　我从未见过他在圣母院里戴流苏。当学生中间刚刚开始时兴这种羊毛小球的时候，他就很少再戴它了。有几次，我们三个人课间休息时站在校园里的那几棵栗子树下，海阔天空地瞎聊，还不时地提到这个羊毛的玩意儿。马尔克先将流苏从脖子上取了下来，但是当第二遍休息铃响过之后，他又犹犹豫豫地把它重新系上了，因为没有更好的替代物。

　　一天，我们学校的一个毕业生第一次从前线回到母校。他在途中拜谒了"元首大本营"①；于是脖子上挂了那枚令人梦寐以求的"糖块"②。当时，我们正在上课，一阵不寻常的铃声把我们唤进礼堂。礼堂的主席台上出现了一个年轻人。他没有站在讲台的后面，而是站在它的旁边，脖子上挂着那枚"糖块"，身后是三扇高大的窗户和几盆大叶子的绿色植物。学校的全体教师在他的后面围成一个

----

①　希特勒在德国各地共有九个"元首大本营"，他经常在"元首大本营"向有功将士授勋。

②　人们戏谑地把圆形的纳粹党党徽称为"糖块"，这里指铁十字勋章。

54

半圆形。那张淡红色的小嘴冲着我们脑袋的上方一个劲儿地说着。他还不时地做出一些解释性的动作。约阿希姆·马尔克坐在我和席林的前面一排。我看见,他的耳朵先是变得苍白,继而又变得通红,腰板儿直直地靠着椅背,两只手一左一右地摸了摸脖子,又掐掐咽喉,最后将一样东西扔到了长椅下面。我想,那准是流苏——红绿相间的羊毛小球。起初,这位当上了空军少尉的年轻人说话声音很低,而且有些结结巴巴,口舌笨拙得可爱,有好几次还羞得面红耳赤。他的讲话没能立刻产生鼓动人心的效果:"……你们别以为这和打兔子是一码事。你往上天兜一圈,结果什么也没发现,甚至连续几周全无战事。可是我们来到海峡①之滨——我想,倘若这儿再无战事,别的地方就更谈不上了——终于如愿以偿。第一次行动我们就遇上一支战斗机编队。我先来了一个'旋转木马',就是一会儿钻到云层上面,一会儿钻到云层下面,我的曲线飞行简直无可挑剔。我把飞机拉了起来,因为三架喷火式飞机②在我的下方盘旋,互相掩护。我想,假如干不掉它们,岂不让人耻笑。我从上面垂直俯冲下去,瞄准一架敌机,即刻,它的尾部拖起了浓烟。随后,我及时调整左侧机翼使座机保持平衡,同时用瞄准器套住迎面飞来的第二架喷火式飞机,对准它的螺旋桨轮心:不是你死就是我亡。你们瞧,还是它一头栽进了大海。我心想,既然已经干掉了两架,那么只要有足够的油,就应该再去试试第三架、第四架。这时,七架被打散的敌机从我的下方飞过。

① 指英吉利海峡。
② 喷火式飞机,英国在第二次世界大战中使用的战斗机。

可爱的太阳始终在我的背后。我揪住其中一架，让它受到了应得的祝福，我又故技重演，也获得了成功，这第三架敌机几乎撞上我的炮口，我赶紧把飞机拉起来，一直将操纵杆拉到了挡板。敌机从我的下面呼啸而过，我一定得把它干掉。我本能地在它的后面穷追不舍。我被它甩了，便钻入云层，又追了上去，用力踩住机关炮按钮：它终于打着转栽进了大海，我也差一点儿下海洗澡。真不知道，我当时是怎样把飞机拉起来的。当我颤颤悠悠地飞回基地时，起落架却怎么也放不下来，我被困在空中了。你们肯定也知道，或许还在《每周新闻》①里见过，如果飞机上掉了什么东西，机翼就会摇摇晃晃。因此，我当时不得不头一次尝试机腹着陆。后来，在军官食堂我才得知，我无可争辩地击落了六架敌机——交战的时候因为过于激动自然顾不上一一细数。这时候我当然十分高兴。约莫四点，我们又一次起飞。总而言之，一切就跟我们从前在这里玩手球差不多。当时学校还没有运动场，我们只能课间休息时在校园里玩。马伦勃兰特老师恐怕还记得，我要么不进球，要么就连进九个。那天也是如此，除了上午击落的六架以外，下午又添了三架，这是我击落的第九架至第十七架敌机。半年以后，我积满了四十架，受到了上级的表彰②。在去'元首大本营'的时候，我的机翼上已经标上了第四十四个记号。在英吉利海峡，我们这些飞行员几乎整天不出飞机，就连地勤人员检查飞机时我们也待在驾驶舱里。并非每个人都能挺得下来。为了调剂一

---

① 德国当时的一种新闻纪录影片。
② 按照当时的规定，击落四十架敌机的飞行员可以获得一枚骑士十字勋章。

下，我们也想法自寻其乐。每个军用机场都有一只牧羊狗。有一天，天气非常好，我们将那只叫作'阿莱克斯'的牧羊狗……"

那个荣获勋章的少尉就这样讲了许多，在叙述两次空战之间，他还插入"阿莱克斯"牧羊狗学跳伞的故事以及一个一等兵的趣闻：每次发出警报之后，这个一等兵总是最后一个爬出被窝，经常不得不穿着睡衣睡裤驾机执行任务。

听到这里，学生们笑了起来，尤其是高年级的学生，一些教师也忍俊不禁，少尉的脸上露出了笑容。一九三六年，他毕业于我们这所学校，一九四三年在鲁尔区上空被击落。他的头发是深褐色的，中间没有分道，平整地向后梳着。他个头不太高，四肢纤细，看上去更像是一名在夜总会端菜斟酒的侍者。他说起话来总爱将一只手插在口袋里，一旦讲起空战，就立刻把手从口袋抽出来，两只手比画着，以便说得更加生动形象。他能够细腻而又富于变化地掌握这种用手来表演的游戏。他把手从肩膀下面送出来，表现偷袭时的曲线飞行，这样可以省去很多解释性的话，必要时他只用一词半句加以提示。假如发动机出了毛病，他就提高嗓门，发出嘟嘟嘟的怪叫，模仿飞机起飞，然后降落在大礼堂里。人们完全可以相信，他在基地的军官食堂也一定表演过这个节目，因为军官食堂这几个字眼在他的嘴里占有重要的位置。"我们大伙儿心平气和地坐在军官食堂里……我刚想进军官食堂，因为……在我们的军官食堂还挂着……"除了他那双演员的手和模仿逼真的发动机噪音以外，他的报告也颇为风趣。他懂得如何拿一部分老师开玩笑，他们的绰号从他在校的时候一直保持到我们上学的时候。当然,他的玩笑都是善意的。他有些淘气,挺会向女人献殷勤,即使他曾经完成过一些非常艰巨的任务,也毫不夸大其词。他从来不提个人的成绩,总是说他是幸运的:"我是一个幸运儿,在学校就是如此,我至今仍然记得好几张升级证书……"一个中学生常开的玩笑使他联想到三个已经阵亡的同班同学,他说他们并不是白白地送了命。他在结束报告时没有说出这三个阵亡者的姓名,而是坦率地道出了一段自白:"小伙子们,坦白地说,在远方打仗的人都很愿意经常回顾自己的学生时代!"

我们长时间地鼓掌,大声欢呼,顿足喝彩。我的巴掌都拍疼了,变得有些僵硬。我发现,马尔克矜持地坐在那里,没有朝着讲台鼓掌。

在阵阵掌声中,克洛泽校长在主席台上引人注目地用劲握了握他从前的学生的双手,然后又赞赏地扳住他的肩膀。突然,他松开身材瘦小的少尉,走到讲台的后面。与此同时,少尉也回到自己的座位。

校长的讲话很长。无聊从繁茂的盆栽植物一直延伸到礼堂后墙上面的那幅油画,这是学校的创办人封·康拉迪男爵①的画像。少尉夹在参议教师布鲁尼斯和马伦勃兰特之间,老是埋头盯着自己的指甲。克洛泽在上数学课时总是呼出一股清凉的薄荷味,它甚至大大冲淡了学术气氛,然而,在偌大的礼堂里那种气味却难成气候。他

---

① 康拉迪男爵(1742—1798),出身于但泽一个望族之家,1794 年立下遗嘱,将十一座庄园和二分之一的现款用于创办两所国民小学和一所男生中学。

的讲话充其量只能从主席台传到礼堂的中央:"凡是上我们这儿来的人……在这一时刻……漫游者,你到……然而故乡此次将……我们绝不愿意……灵活、柔韧、坚硬①……整洁……再说一遍……整洁……谁要是不这样……在这一时刻……保持整洁……用席勒的话作为结束……不拿你们的生命做代价,你们的生命将一文不值②……现在全体回去上课!"

我们获释了,像旋风似的拥向礼堂狭窄的出口,聚成了两堆。我跟在马尔克的后面向前挤。他冒汗了,抹了糖水的头发粘在头皮上,中间的头路全都乱了。即使在健身房里,我也从未看见马尔克出过汗。臭烘烘的三百名学生像瓶塞似的堵在礼堂的出口。马尔克的颈斜方肌,即从第七节颈椎伸展到凸出的后脑勺的两条肌束,微微发红,满是汗珠。来到两扇大门前面的柱廊里,在又开始玩起捉人游戏的一年级学生的喧哗声中,我才追上了他,劈头问道:"你觉得怎么样?"

马尔克两眼望着前方。我竭力不去看他的脖子。两根廊柱之间放着一尊莱辛的石膏胸像。然而,胜利者仍是马尔克的脖子。他的声音平静而又忧伤,像是要述说他姨妈的慢性病:"他们现在要想得到那玩意儿,必须打下四十架。最初,在法国和北方,只要打下二十架就行了。如果照此下去会怎么样呢?"

---

① 希特勒提出,德国青年应该"像猎犬一样灵活,像皮革一样柔韧,像克虏伯钢铁一样坚硬"。
② 席勒诗句,见《华伦斯坦》第一部《华伦斯坦的军营》第十一场。

少尉的话大概对你并不适合,否则你怎么会去选择那种廉价的代用品？当时,在纸张商店和纺织品商店的橱窗里摆着许多圆形的、椭圆形的、上面带孔的荧光徽章和荧光纽扣①,有一些造型酷似小鱼或飞翔的海鸥,在黑暗中闪烁着绿中透白的荧光。戴这种徽章的绝大多数都是上了岁数的老年人和体弱多病的妇女,他们担心在黑黝黝的大街上与人相撞,便将徽章别在外套的翻领上。当时还有一种涂着荧光条纹的散步手杖。

你虽然不是防空措施的牺牲品,但也有五六枚徽章。它们像一群闪闪发亮的小鱼,像一队振翅翱翔的海鸥,像几束荧光闪耀的花朵,最初别在外套翻领上,后来又别到围巾上。你还让你的姨妈在外套上从上到下缝了半打涂着荧光材料的纽扣,把自己变成了一个丑角演员。我过去、现在和将来总是看见你穿着这身打扮走来走去。冬天的黄昏,暮色苍茫,你庄重而缓慢地穿过纷纷扬扬的大雪或天地一色的黑暗,先是自南向北,再沿着熊街往南,你的外套上面缀着一个、两个、三个、四个、五个、六个闪着绿光的纽扣。这是一个可怜的幽灵,充其量只能唬住孩子和老奶奶,它试图用迷惑术藏起那具在漆黑的夜色掩盖之下的躯体。你也许在想:任何一种黑色染料也不可能吞没这种发育成熟的果实。每个人都可以看见它,预料到它,感觉到它,甚至想去抓住它,因为它唾手可得。但愿这个冬天赶快过去吧！我真想再次潜下水去。

---

① 战争时期,夜间经常实行灯火管制,戴上这种荧光徽章和纽扣可以防止相撞。

第 六 章

然而,当有草莓和特别新闻①的夏天到来时,尽管气候适宜游泳,马尔克却又不想游了。六月中旬,我们第一次游向沉船。大伙儿兴致不高。低年级的学生真让人感到厌烦。他们在我们前面或和我们一道游到沉船,成群结队地麇集在舰桥上,潜到水下摸上来最后一只可以旋下来的铰链。曾经哀求"让我一起游吧,我现在会游了"的马尔克,现在却受到席林、温特尔和我的纠缠:"一块儿去吧。你要是不去就没劲了。咱们可以在沉船上晒太阳,或许你还能在水下再找到什么宝贝。"

马尔克拒绝了几次,最后虽说很不情愿,但还是跳进了海滩与第一片沙洲之间的又热又浑的海水。他没有带改锥,游在我们之间,落后霍滕·索恩塔克大约两臂的距离。他头一次这样安安静静地在水里游着,既没有用两手乱划,也没有用嘴喷水。他上了舰桥就一屁股坐到罗经室后面的阴影里,无论谁劝也不肯潜水。当一些低年级的

---

① 战争期间,德国最高统帅部经常通过广播电台的特别新闻发布战况。

男生潜入前舱,然后抓着一些小玩意儿浮出水面时,他甚至连脖子都没有转一下。在这一方面,马尔克完全可以当这帮小子的老师。有些人想求他指点指点,可是他几乎毫不理睬。马尔克眯缝着眼睛,一直注视着导航浮标方向的开阔的海面,无论是进港的货轮或出港的快艇,还是编队航行的鱼雷艇,都无法分散他的注意力,只有潜艇才能使他间或移动一下身体。远处时常浮起一艘潜艇,伸出水面的潜望镜划出了一道清晰的水花。这些由席绍造船厂成批制造的七百五十吨级的潜艇,正在海湾以及赫拉半岛后面试航。它们从主航道的深水区钻出水面,驶入港口,驱散了我们的无聊之感。潜水艇浮出水面的情景煞是好看:潜望镜首先出水,指挥塔刚一冒出水面,就钻出一两个人来。白色的海水像一条条小溪从炮台、前舱和艇尾流淌下来,所有的舱口都打开了,爬出来许多水兵。我们大声喊叫,挥手致意。我不敢肯定,潜艇那边是否也有人向我们挥手致意,虽然我把挥手分解成若干细节动作,并且绷紧关节又挥了一遍。不管是否有人向我们挥手,每一艘潜艇的出现都使我们心情激动得难以平复。唯独马尔克没有挥手致意。

……有一次,马尔克迫不得已地从罗经室的阴影里走了出来——那是六月底,在放暑假和海军上尉在我们学校礼堂作报告之前——因为当时有一个低年级男生不想从扫雷艇的前舱里出来。马尔克钻进前舱,把这个男生拖了上来,原来他在沉船中部——轮机舱的前面——被卡住了。马尔克在盖板下面的管道和电缆之间找到了他。席林和霍滕·索恩塔克按照马尔克的指示交替忙活了两个钟头,那个低年级男生终于慢慢地恢复了血色。但是,他在回去的路上仍然只能由别人拖着游。

第二天,马尔克又开始像过去那样着了迷似的一次次潜水,但是他没有带改锥。在游向沉船的途中,他又恢复了过去那种速度,把我们全都甩在了身后。当我们爬上舰桥时,他已经潜下去过一次了。

冬季的冰冻和二月的狂风破坏了沉船上最后一段舷栏杆,两个机枪转盘和罗经室的顶盖也被掀掉了,只有又干又硬的海鸥粪安然无恙地度过了冬天,甚至有增无减。马尔克什么也没有捞上来。当我们向他提出新的问题时,他也不做任何回答。傍晚时分,他已经潜下去过十至十二次;我们活动一下四肢,准备返回,他却在水下没有上来,这下可把我们忙得不亦乐乎。

假如我现在说等了五分钟,那等于什么也没说。在这长似几年的五分钟里,我们一直都在咽口水,直到舌苔在干燥的口腔里变干、变厚。此后,我们一个接一个地钻进沉船。前舱除了鲱鱼什么都没有。我跟在霍滕·索恩塔克的后面战战兢兢地第一次潜过间壁,草草地检查了一下军官餐厅,就不得不赶紧上去。我从舱口钻出来时,肚子都快憋炸了。随后,我又潜了下去,两次穿过间壁。半个多钟头之后,我才停止潜水。我们六七个人像泄了气的皮球躺在舰桥上,呼哧呼哧地喘气。海鸥盘旋的圈子越缩越小,它们一定是发现了什么。幸亏这会儿沉船上没有低年级的学生。大家要么沉默不语,要么七嘴八舌。海鸥飞来飞去。我们商量着如何向浴场管理员以及马尔克的母亲和姨妈交代,当然还有克洛泽,因为回到学校也少不了会受到盘问。他们把去东街的任务推给了我,因为我差不多可以算是马尔克的邻居。席林被指派在浴场管理员面前和在学校里充当发言人的角色。

"要是他们也找不到他,我们就得带着花圈游到这儿来举行一次追悼会。"

"咱们现在来凑份子。每个人至少出五十芬尼。"

"要么将花圈从甲板上抛入海里,要么就让它沉入前舱。"

"我们还要唱上一曲。"库普卡说。在他的建议之后响了一阵瓮声瓮气的笑声,然而,这笑声并不是从我们中间发出的,而是从舰桥内部传出来的。我们面面相觑,等待着第二阵笑声。这时,从前舱传来正常的、不再是瓮声瓮气的笑声。马尔克那个从中间分道的脑袋从舱口冒了上来,滴滴答答地流着水。他不很吃力地喘着气,按摩了一下脖子和肩上新添的晒斑,咯咯地笑着,用一种与其说讥讽倒不如说是善意的口吻说道:"喂,你们已经商量好悼词了,准备宣布我失踪是吗?"

在我们游回去之前——温特尔在这件令人不安的事之后不久就浑身痉挛,号叫不止,需要别人劝慰——马尔克再一次钻入沉船。一刻钟之后——温特尔仍在呻吟——马尔克回到了舰桥上,两只耳朵上架着报务员戴的那种耳机。从外表上看,这副耳机完好无损,甚至都没有被水泡过。原来,马尔克在沉船中部发现了一个船舱的入口,这是扫雷艇的报务舱,位于舰桥的内部,正好高出水面。他说,报务

64

舱虽说有点潮湿,但地板上一点儿水也没有。他后来承认,他在管道和电缆之间解救那个低年级男生时,就已经发现了报务舱的入口。"我已经把入口重新伪装好了。那帮猪猡谁也甭想发现。这可不是一件轻松的工作。告诉你们吧,这个小屋现在归我所有。那里可舒服啦,假如遇上什么麻烦,可以躲到里面去。那里还有一大堆仪器设备,如电台啦什么的,完全可以重新投入使用。有机会我一定试一试。"

然而,马尔克到底未能完成这项计划,他或许连试也没试过;即使他偷偷地在下面试过,大概也没能成功。虽然他善于手工制作,知道许多制作模型的窍门,但是他的计划从未有过一个固定的技术程序。再说,倘若马尔克真的把电台鼓捣好,将信号发往天空,港警和海军肯定已经把我们全部逮起来了。

后来他将报务舱里的仪器设备统统弄了上来,分别送给库普卡、埃施和那些低年级男生。他自己只留下那副耳机,架在耳朵上戴了整整一个星期。当他有计划地开始重新布置报务舱时,便将它扔到海里去了。

他用几条旧羊毛毯包了一些书籍——我现在已想不起来那是些什么书了,好像其中有描写某一次海战的长篇小说《对马岛》①和德温格尔②的两卷集文选,另外还有一些宗教方面的书籍——羊毛毯

① 《对马岛》,全名为《对马岛——关于一次海战的长篇小说》(1936),作者是德国作家弗兰克·蒂斯(1890—1977)。
② 德温格尔,德国作家,纳粹上台后曾任德国文化专员。

的外面又裹上一层防水布，用沥青或焦油或错把缝隙涂抹起来，然后装上一只轻便木筏。他在水里把木筏推到沉船跟前，我们也帮他推了一会儿。据说，他成功地将书籍和羊毛毯弄进了报务舱，几乎没沾一滴水。他运送的第二批东西有蜡烛、酒精炉、燃料、铝锅、茶叶、麦片以及晒干的蔬菜。他经常在里面一待就是一个多钟头。当我们用力敲甲板把他叫上来之后，他从不回答任何问题。我们当然是很佩服他的，但是马尔克对此几乎毫不在意。他的话越来越少，后来也不让别人帮他运东西了。他当着我们的面把那张我在东街他的房间里见过的西斯廷圣母彩色胶印画卷了起来，塞进一根挂窗帘用的铜管，然后用胶泥将两头堵死。他先把装在铜管里的圣母像带上沉船，然后又弄进报务舱。这时我才恍然大悟，他如此卖力地把报务舱布置得舒舒服服究竟是为了谁。

　　当他潜在水里的时候，那张胶印画恐怕并非毫无损伤，纸张在潮湿的、或许还有些渗水的报务舱里显然也受到损害，因为那里没有舷窗，也没有与现已被海水淹没的通风管道接通，所以不可能得到充足的新鲜空气。马尔克把彩色胶印画弄进报务舱之后不久，又在脖子上挂起了一样东西：不是改锥，而是那枚铸有所谓琴斯托霍瓦圣母浮雕的青铜奖章。它有一个用于悬挂的小环，用黑鞋带系着挂在锁骨的下方。我们不禁意味深长地扬起了眉毛，心想，他现在又开始对圣母像感兴趣了。我们刚刚抖掉身上的水珠，在舰桥上蹲下，马尔克就钻进了前舱。大约一刻钟之后，他重新回到我们中间时，脖子上已经没有了鞋带和奖章。他蹲在罗经室的后面，显得心满意足。

他吹着口哨。我是第一次听见马尔克吹口哨。当然,他并不是第一次吹口哨,只不过是我第一次注意到他在吹口哨罢了。他真的第一次把嘴噘了起来。但是只有我——沉船上除了他之外唯一的天主教徒——跟着吹起了口哨。他吹了一曲又一曲《圣母颂》,身子倚着残破的舷栏杆,逍遥自在地用悬空的双脚在舰桥的旧铁板上打着拍子,然后随着低沉的轰隆声毫不停顿地背诵着整段的《圣灵降临节赞美诗》:"圣灵,降临吧!"正像我所期待的那样,他接着又背起了《棕枝主日前星期五赞美诗》。所有十节诗句他都背得滚瓜烂熟,从"母亲两眼噙泪站在……"一直背到"……天堂的光耀,阿门"。我这个最初非常热心后来仍然时常为古塞夫斯基司铎辅弥撒的人,充其量也只能背出开头的几节。

他毫不费力地将一串串拉丁文抛向空中的海鸥。其余的人——席林、库普卡、埃施和霍滕·索恩塔克,此外还有谁在场呢?——腰板挺得直直地注意听着,不时地说道:"好小子好小子!"或者:"你真是活见鬼了!"这几个家伙再三恳求马尔克重复一遍《母亲两眼噙泪》,尽管没有任何东西比拉丁文和宗教经文距离他们更远。

我以为,你并没有打算将报务舱变成一个小小的圣母院。运到下面去的大部分东西与圣母玛利亚并无任何关系。虽然我从未参观过你的这个小屋——我们根本不可能潜到那里——却一直把它想象成是东街你的那个阁楼卧室的缩影。只有那些被你姨妈——常常是违背你的意愿——放到窗台和多层仙人掌支架上的天竺葵和仙人

67

掌,在报务舱里没有找到安身之处。除此之外,整个迁居过程无可挑剔。

在搬完书籍和炊事用具之后,轮到了马尔克的舰艇模型——"蟋蟀"号通信舰和"沃尔夫"级鱼雷艇,比例均为一比一千二百五十——迁居到甲板下面。他同时还强迫墨水、蘸水笔、直尺、学生圆规、蝴蝶标本集以及雪枭标本一起潜入水里。我现在设想,马尔克的家当在这个蒙着一层水汽的舱房里面渐渐地失去了美丽的外表。那些装在蒙着玻璃纸的雪茄烟盒里的蝴蝶肯定备受潮湿之苦,它们仅仅习惯于阁楼小屋里的干燥空气。

但是,我们钦佩的恰恰是这次历时数日的迁居游戏的毫无意义和故意破坏。约阿希姆·马尔克把他在前两个夏天辛辛苦苦从波兰扫雷艇上拆下来的零件,一样一样重新送了回去,将精美的老华苏斯基勋章和那些介绍操作规程的小牌子转移到水下。他的努力使我们在这条沉船上——当初为了它,战争仅仅持续了四个星期①——又度过了一个有趣而紧张的夏天,尽管那些低年级的男生傻里傻气,实在令人厌烦。

这里举一个例子:马尔克用留声机为我们播放音乐。那架留声机就是在一九四〇年夏天,我们和他一起大约疏通了六七次通往船上的道路之后,他从前舱或者军官餐厅辛辛苦苦地一点一点挪着弄上来的。他在自己的屋里把它修好,并且换上了铺着毡垫的新转盘,

---

① 从 1939 年 9 月 1 日德国进攻波兰,到 10 月 2 日波兰进行抵抗的最后一个城市格丁尼亚投降。

装备了差不多一打唱片。留声机是他搬到甲板下面去的最后一件物品。在两天的工作中,他总是把插手柄用那根久经考验的鞋带系着挂在脖子上,须臾也不肯摘下来。

留声机和唱片肯定完好无损地完成了穿越前舱、中部各舱的间壁以及向上进入报务舱的旅行,因为就在马尔克结束这次分阶段的运输工作的当天下午,他就用舒缓低沉、余音缭绕的音乐使我们大吃一惊。音乐忽而从这儿、忽而从那儿传来,但始终发自沉船的心脏深处。它简直可以使铆钉和镶板松动脱落,让我们身上生出鸡皮疙瘩,尽管开始西斜的太阳仍然挂在舰桥的上方。我们呼哧呼哧地高喊:"停一下!继续放!再换一张!"我们有机会听了一曲约莫嚼完一颗口香糖长短的、著名的《圣母颂》,它竟使波涛汹涌的大海平静下来。没有圣母玛利亚,他决不会这么做的。

接下来是咏叹调、歌剧序曲——我是否说过,马尔克尤其偏爱严肃音乐?——我们至少又听了几段激动人心的《托斯卡》①、几段洪佩尔丁克②的童话歌剧和一段"达达达,达……"交响乐③,这些我们早已从愿望音乐会④中熟悉的曲子都从沉船里面传了出来。

席林和库普卡高喊来点儿爵士乐,可是马尔克并没有这类唱片。

① 《托斯卡》(1900)是意大利作曲家吉阿科普·普契尼(1858—1924)的一出歌剧。
② 洪佩尔丁克(1854—1921),德国作曲家,主要创作童话题材的歌剧,代表作有《汉泽尔和格蕾泰尔》《国王和孩子们》等。
③ 指贝多芬的《第五交响乐》,即《命运交响乐》。
④ 指广播电台播放的听众点播音乐节目。

当下面放起查拉①的唱片时,她给我们留下了极为难忘的印象。查拉的歌声从水下传来,我们平躺在铁锈和拱起的海鸥粪上面。我已经记不清她当时都唱了些什么,一切都涂上了同一种润滑油。她唱的是一出歌剧里的唱段,我们听出这是影片《故乡》②的插曲:"啊,我失去了她!"她又唱道:"风儿为我唱一支歌。"③她预言道:"我知道总有一天会出现奇迹。"④她擅长弹风琴,能用歌声呼风唤雨。她让我们度过了一段心旷神怡的时光:温特尔咽着口水,张大嘴巴号叫;其他的人则不由自主地眨巴着眼睛。

应该提到的还有海鸥。它们仍然莫名其妙地尖叫不止。当下面的留声机播放查拉的歌曲时,它们叫得更欢了。刺耳的叫声简直可以震裂窗玻璃,仿佛是一群已故的男高音歌手的魂灵在呼号。海鸥的叫声飘荡在虽可模仿但却一直无人模仿的、发自地窖深处的嗡嗡的歌声上方,这是一个战争年月里在前线和家乡都受人喜爱、颇有天赋的女电影演员的催人泪下的歌声。

马尔克多次为我们举办这种音乐会,那些唱片直到磨损得差不多了,发出嘎吱嘎吱的声音,才被从留声机上取下来。迄今为止,任何音乐都不曾使我获得更大的享受,尽管我几乎从不错过一场在罗

---

① 查拉·丽恩德尔,瑞典电影女明星和歌星,多次应德国乌发电影公司之聘拍摄政治宣传内容的故事片。
② 《故乡》(1938)是查拉主演的影片,根据德国作曲家格鲁克(1714—1787)的欧剧《奥菲欧与尤丽尔西》(1762)改编。
③ 查拉主演的影片《哈巴涅拉舞》(1937)的插曲。
④ 查拉主演的影片《伟大的爱情》(1942)的插曲。

伯特·舒曼音乐厅①举行的音乐会。每次只要手头宽裕一些，我总要去买上几张慢转密纹唱片，从蒙特威尔地②一直到巴托克③。我们安安静静、永不知足地蹲在留声机的上方专心倾听，我们把它称作"腹语表演家"④。我们谁也想不出新的恭维话，尽管大家都很钦佩马尔克。在呼啸的海风中，我们的钦佩却发生了突变：我们觉得他令人反感，纷纷掉转了目光。后来，当一艘吃水很深的货轮驶入港口时，我们才多多少少对他抱以同情。我们也害怕马尔克，因为他牢牢地控制着我们，在大街上让人看见和马尔克在一起，我会感到羞愧。然而，假如霍滕·索恩塔克的妹妹或者图拉在文艺演出之前或者在军队牧场大街遇到我和你在一起，我则感到非常自豪。你是我们的主要话题。我们曾经打过赌："他这会儿在干什么？我敢说，他肯定又犯了喉咙痛！我敢同任何人打赌：他将来要么上吊，要么非常出名，要么就发明什么了不起的东西。"

席林对霍滕·索恩塔克说："你老老实实地说，假如你妹妹和马尔克一起外出，去看电影呀什么的，你会怎么样……得讲老实话！"

---

① 即杜塞尔多夫音乐厅，因德国著名作曲家罗伯特·舒曼（1810—1856）曾在此担任过经理而得名。
② 蒙特威尔地（1567—1643），意大利作曲家。
③ 巴托克（1881—1945），匈牙利作曲家。
④ 腹语说话是一种不动嘴唇说话的技巧，听起来声音像是从腹内发出的。擅长这种技巧的人被戏称为腹语表演家。

第 七 章

　　那个海军上尉、被授勋的潜艇艇长在我们学校礼堂的出现,结束了波兰扫雷艇"云雀"号内舱里举行的音乐会。即使他没有出现,唱片和留声机至多也只能再响四天。但是,他毕竟出现了。他不必拜访我们的沉船,就中断了水下音乐会,为所有关于马尔克的谈话提供了一个新的——即使不是全新的——方向。

　　海军上尉大概是一九三四年毕业于我校的。人们在背地里说,他在自愿报名当海军之前曾经在大学读过一点儿神学和日耳曼语言文学。我现在没有回避的可能,必须说,他的目光闪烁着热情。拳曲的头发又密又硬,像古罗马人那样一律梳向一边。没有潜艇水兵通常留的那种胡须,眉毛像屋脊似的向前突出。前额介于哲学家的前额与冥想家的前额之间,因此没有抬头纹,从耳根向上有两道垂直的印痕,像是要去寻找上帝。这是日光作用在这张线条分明的圆脸最外侧的结果。鼻子小巧,轮廓清晰。冲着我们张开的嘴巴略微凸起,是一张能说会道的嘴巴。礼堂座无虚席,上午的阳光斜射进来。我们蹲在窗龛里面。不知根据谁的请求,古德伦中学两个最高的班级也应邀来听由这张能说会道的嘴巴作的报告。姑娘们坐在最前面的几排长凳上。她们本该戴上乳罩，但却没有任何人戴。校务管理员通知我们去听报告，马尔克先是不愿参加。我凭借自己的有利地位，终于把他拉去了。在海军上尉张开那张能说会道的嘴巴之前，马尔克紧靠着我，蹲在窗龛里浑身直打哆嗦。在我们和窗玻璃后面就是校园，那几棵栗子树纹丝不动。马尔克把双手夹在腘窝里，身体仍在瑟瑟发抖。我校的全体教师，包括古德伦中学的两名女参议教师，坐在橡木椅子上围成一个半圆形，那些高背皮垫靠背椅是校务管理员事先摆好的。默勒老师拍了拍巴掌，招呼大家安静下来，好让克洛泽校长讲话。三年级男生摆弄着小折刀，坐在古德伦中学高年级女生的后面。女生们梳着辫子——双辫或莫扎特式辫，许多人将双辫摆在胸前，而莫扎特式辫只好听任三年级男生随意摆布。克洛泽先讲了一段开场白。他谈到所有在外面打仗的校友，包括陆、海、空三军；他夸耀了一番自己和朗格马克①的大学生。瓦尔特·弗莱克斯②在奥塞尔岛上阵亡，他的名言"成熟起来，永葆纯洁③！"体现了男子汉的美德。他又引用了费希特④或者阿恩特⑤的一句话："仅仅取决于

---

① 朗格马克是比利时西佛兰德省的一个城镇，1914年第一次世界大战爆发后，许多志愿参军的德国大学生在此唱着国歌走上战场。这种充当炮灰的行为后来被渲染成为爱国神话。

② 弗莱克斯（1887—1917），德国作家，第一次世界大战爆发后自愿入伍，曾任连长，在率部攻打波罗的海上的奥塞尔岛时阵亡，纳粹时期被奉为德国青年的楷模。

③ 引自弗莱克斯的长篇小说《两个世界之间的漫游者》（1916）。

④ 费希特（1762—1814），德国哲学家。

⑤ 阿恩特（1768—1860），德国散文作家和诗人。

你和你的行动①!"他回忆了海军上尉在七年级时写的一篇关于阿恩特或费希特的优秀作文:"在我们中间,有一个人脱颖而出,他产生于我们学校的精神,从这个意义上来说,我们要……"

当克洛泽讲话时,我们蹲在窗龛里正和古德伦中学高年级的女生频繁地传递纸条,现在说出此事还有必要吗?三年级男生当然也不甘寂寞,用他们的小折刀发出嚓嚓嚓的声音。我在一张纸条上不知写了点什么,然后传递给薇拉·普吕茨或希尔德欣·马图尔,但是没有收到任何一张回条。马尔克的双手仍然夹在腘窝里,颤抖已经停止。海军上尉坐在主席台上,显得有些拘谨,他的两边是我们的拉丁文教师施塔赫尼茨博士和上了岁数的参议教师布鲁尼斯——他仍像平时那样毫无拘束地含着糖块。开场白接近尾声,我们的纸条传来传去,三年级男生摆弄着小折刀,元首的目光与封·康拉迪男爵的目光相交,上午的阳光慢慢滑出礼堂,海军上尉不时地舔湿那张略微凸起的、能说会道的嘴巴,神情阴郁地冲着听众,竭力不去注意那些古德伦中学的女生。他的帽子端端正正地摆在并拢的双膝上面,手套压在帽子底下。他身穿礼服,挂在脖子上的那玩意儿在洁白的衬衫衬托下显得格外醒目。突然,他把头转向礼堂侧面的窗户——勋章也驯服地跟过去一半——马尔克抽搐了一下,大概以为被人认了出来,但实际上并非如此。潜艇艇长的目光越过我们蹲着的窗龛,盯

---

① 实际上这是德国诗人阿尔贝特·马泰伊(1855—1924)的诗句,引自《费希特致每一个德国人》的最后一节。由于标题的缘故,克洛泽误认为是费希特的诗。

着那几棵蒙上灰尘的、一动不动的栗子树。我当时和现在都在想：他可能在想什么呢？马尔克可能在想什么呢？正在讲话的克洛泽可能在想什么呢？正在吃糖的布鲁尼斯老师可能在想什么呢？读着你的纸条的薇拉·普吕茨可能在想什么呢？希尔德欣·马图尔可能在想什么呢？他，他，他——马尔克或者长着能说会道的嘴巴的他——可能在想什么呢？了解一名潜艇艇长在必须倾听别人讲话时心里在想些什么是颇有启发性的。他在看不到十字线①和起伏不平的地平线的情况下移动视线，直至使得中学生马尔克大为震惊。他的目光越过中学生们的脑袋，穿透双层窗玻璃，紧紧盯着校园里那几棵干巴巴的栗子树，树上的绿叶显得无精打采。他再次用淡红色的舌头在那张能说会道的嘴上舔了一圈。克洛泽试图让他的最后一句话连同那股薄荷味传过礼堂的中央："现在，我们要在家乡好好听听，你们这些从前线回来的人民子弟兵是怎样报告前线消息的。"

那张能说会道的嘴巴使我们大为失望。海军上尉首先相当平淡地像每一份《海军年鉴》那样介绍了大概情况和潜艇的任务：第一次世界大战期间的德国潜艇，韦迪根②，"U-9"号潜艇，潜艇决定了达达尼尔战役③，共计一千三百万总注册吨位；我们的第一批二百五十吨级潜艇，在水下由电动机驱动，在水上由柴油机驱动；普里恩这个姓氏，普

---

① 指潜望镜上用于瞄准的十字线。
② 韦迪根（1882—1915），德国海军上尉，他率领的"U-9"号潜艇在1914年9月22日连续击沉三艘英国巡洋舰。
③ 达达尼尔战役，第一次世界大战中英、法对土耳其采取的一次军事行动，因多艘军舰被德国潜艇击沉或击伤，被迫放弃从海上进攻。

里恩与"U-47"号潜艇,普里恩艇长击沉了"皇家方舟"号①——这些我们早已知道,而且一清二楚——还有"雷普尔泽"号,舒哈尔特击沉了"勇敢"号②等。他讲的净是老一套:"……全艇官兵是一个有着共同信念的集体,因为大家远离故乡,精神上都承受着巨大的压力。你们可以想象一下,我们的潜艇奉命待在大西洋或北冰洋的下面,就像一个沙丁鱼罐头,又挤,又潮,又热。船员只能睡在鱼雷上面,一连数日见不到任何船只。地平线一片空白。后来,终于出现了一支船队,护航的兵力很强,指挥必须万无一失,不得有一句废话。我们发射了两枚鱼雷,击中了'阿恩达勒'号。这是我们击中的第一艘油轮,一万七千二百吨,一九三七年刚刚下水。亲爱的施塔赫尼茨老师,不管您信不信,我当时想到的是您。我没有关掉通话器,就大声做起拉丁文拼读练习来:qui quae quod,cuius cuius cuius……直到艇上的导航员通过通话器大声喊道:'读得非常好,艇长先生,您今天没有课!'但是,深入敌境的航行也不仅仅是进攻,一号发射管,二号发射管,预备……放!连续数日都是风平浪静的大海,潜艇的颠簸和轰鸣,头顶的天空,你们知道吗,这是一片使人头晕的天空,日复一日的日落……"

海军上尉用脖子上那个高高突起的玩意儿充实了他的报告,尽

---

① 1939年10月14日,由德国海军少校普里恩率领的"U-47"号潜艇偷偷潜入斯卡帕湾,击沉了英国"皇家方舟"号战列舰。

② 1940年9月12日,德国海军少尉舒哈尔特率领"U-29"号潜艇击沉了英国"勇敢"号航空母舰。

管他已经击沉了总注册吨位为二十五万吨的船只：一艘"德斯帕茨"级的轻巡洋舰，一艘"特里巴尔"级的大型驱逐舰……他更多是用丰富的词汇描绘自然景色，而不是详细地报告战绩。他还大胆地用了一些比喻："……艇尾带起了一层层白色的浪花，像一条昂贵的拖地长裙。小艇宛如一位身着盛装的新娘，激起了一道道纱裙似的水帘，迎向死神主持的婚礼。"

在梳辫子的姑娘们中间发出了咻咻的笑声。然而接下去的一个比喻又抹掉了这位新娘："这艘潜艇就像一条有背鳍的鲸鱼，艇首激起的浪花形同一名匈牙利轻骑兵捻起的胡子。"

海军上尉善于冷静地强调技术性的措辞以及使用童话里常常出现的词语。他大概更多是冲着"布鲁尼斯老爹"的耳朵作报告，而不是朝着我们，这个艾兴多夫的崇拜者曾经是他的德文老师。他的那些措辞强劲的课堂作文克洛泽已多次提到。我们听见他低声说出"舱底水泵""舵手""总罗经""子罗经"等，他大概以为我们对此准会感到新奇。实际上，我们在几年前就已经熟悉了这些海军术语。他又变成了讲童话故事的阿姨，一会儿讲到"狗哨①"和"球形间壁"，一会儿又说起通俗易懂的"波涛汹涌的大海"，就像好心的老安徒生或格林兄弟神秘地低声谈论"ASDIC 脉冲②"。

他对日落的描绘使人感到很不舒服："在大西洋的黑夜像一块由乌鸦变成的毛巾朝我们头上扑来之前，空中的色彩分成了许多层

---

① 水兵俗语，即军舰上从午夜到凌晨四时的岗哨。
② ASDIC 是英语一盟国侦察潜艇委员会的缩写。

次。我们在家里还从未见过这种情况。一只橙子升了起来,果肉饱满但却显得很假,不久就变得像一层轻柔的薄雾,周围是一圈华丽的光环,酷似美术大师的图画,中间是羽毛般轻柔的云雾。它多么像一盏奇特的矿灯,悬挂在注满鲜血、波浪翻滚的大海上方。"

他用脖子上的那个硬玩意儿发出管风琴弹奏的嗡嗡和沙沙的声音。天空从海蓝色转为涂上一层冷光的柠檬黄,再变成栗紫色,空中出现了罂粟,其间薄云浮动,先是泛着银光,继而又改变了颜色。"让鸟儿和天使流尽它们的血吧!"那张能说会道的嘴巴一个字一个字地说道。他突然停下对自然景色的大胆描述,让一架森德兰式水上飞机①钻出充满牧歌情调的云层,隆隆响着冲向潜艇。在水上飞机失去目标之后,他又用这张能说会道的嘴巴开始了报告的第二部分。他没有再打比方,而是简洁扼要地叙述了一些枯燥乏味且无关紧要的事情:"我坐在潜望镜观察座上指挥进攻。大概击中了一艘冷藏运输船,其尾部首先沉入大海。潜艇下潜一百一十米,在方位一百七十度发现了一艘驱逐舰,左舷十度,航向一百二十度。航向始终保持一百二十度。螺旋推进器转动的噪声渐渐远去,继而重又靠近,航向保持在一百八十度,施放深水炸弹,六枚、七枚、八枚、十一枚。潜艇上的灯光全部熄灭,赶紧接上备用照明,各个炮位先后报告情况。驱逐舰突然停了下来。方位一百六十度,左舷十度,新的航向是四十五度……"

---

① 森德兰式水上飞机,英制四引擎水上飞机。

78

可惜,在这段确实扣人心弦的叙述之后,紧接着又是描绘自然景色,什么"大西洋的冬天"啦,什么"地中海的荧光"啦,还有一幅渲染气氛的画面:"潜艇上的圣诞节"和必不可少的被当作圣诞树的扫帚。最后,他按照奥德修斯从敌营胜利归来的种种传说,创作了他们神话般的凯旋:"第一批海鸥向港口发出了通报。"

我不记得,当时是由克洛泽校长用我们熟悉的那句话"现在全体回去上课!"结束了这次报告,还是大家一起高唱了《我们热爱风暴》①。我一直记得那低沉但却充满敬意的掌声以及从梳辫子的姑娘们最先开始的、毫无规律的起立。当我转身看马尔克时,他已经走开了。我只看见他的中分头在右侧出口处冒了几次。我当时没法立刻就从窗龛跳到打过蜡的地板上,因为我的一条腿在听报告时蹲得麻木了。

在健身房旁边的更衣室里,我总算又遇上了马尔克,可当时我竟然一时不知道该如何开口。在换衣服时就有不少传闻,后来得到了证实:海军上尉请求他从前的体操老师马伦勃兰特,让他在那座令人难以忘怀的健身房里再练一次体操,尽管他毕业后几乎没有进行过训练。我们将荣幸地同他在一起。在连续两节的体操课上——通常总是星期六的最后两节课——他先为我们然后又为八年级的学生表演了他的本领。八年级学生从第二节课起和我们共同使用健身房。

他身材矮小、粗壮,头发又黑又长。他从马伦勃兰特老师那里借

---

① 二十年代在德国青年组织如青年联盟和童子军中流行的一首漫游歌,第三帝国时期成为青年组织和军队鼓舞士气的歌曲。

来了一套学校传统的体操服:红色体操裤,白色体操衣,胸前印着红色条纹,中间嵌了一个黑色的大写字母C①。他换衣服时,身边围了一群人,向他提了许多问题:"……我可以凑近一点儿看看吗?需要多少时间?如果现在想要……我哥哥有一位朋友在快艇上服役,他说……"他耐心地回答提问,有时无缘无故地笑了起来,并且传染了大家,更衣室里笑声不断。这时,马尔克之所以引起了我的注意,是因为他没有和大家一块儿笑,而是在专心致志地把他脱下来的衣服叠好挂上。

马伦勃兰特的哨声把我们召进了健身房。我们在单杠下面集合。在马伦勃兰特小心翼翼的保护下,海军上尉开始了这节体操课。我们用不着特别辛苦费劲,因为主要是他为我们示范表演,主要项目是在单杠上做大回环接分腿腾越的动作。除了霍滕·索恩塔克以外,只有马尔克能跟着做这个动作,但是谁都不愿意看他做,因为他做大回环接分腿腾越时膝盖弯曲,身体缩在一起,姿势非常难看。直到海军上尉和我们一起开始练习一种编排讲究、轻快灵巧的徒手体操时,马尔克的喉结仍在突突突地跳个不停,像是被什么东西刺了一下。他在做鱼跃跳马接着滚翻的动作时,双脚落在垫子的边上,大概把脚踝扭了一下。他坐在健身房角落里的一个攀登架上,那块软骨突突地跳着。他一定是趁着八年级学生第二节课进来时偷偷溜到这里的。直到开始和八年级比赛篮球,

---

① 大写字母C是康拉迪完全中学的德文缩写。

他才重新加入了我们的行列。他投进了三四个球，尽管如此，我们还是输给了对方。

我们的新哥特式健身房显得与新苏格兰区的圣母院一样庄严肃穆。那座圣母院保持了从前那个设计新颖的健身房明显具有的学校特点，尽管古塞夫斯基司铎将那些描金绘彩的石膏像和人们捐赠的教堂摆设集中放在从宽大的正面窗户射入的光线之中。如果说那儿是光明主宰着所有隐秘的话，那么，我们则是在神秘莫测的朦胧光线之中练习体操。我们的健身房有许多尖拱窗，砖嵌的图案将蔷薇形和鱼鳔形的玻璃窗划分成许多小块。在圣母院里，献祭、变体和圣餐被照得通亮，这些仪式始终显得毫无魅力、烦琐冗长——门上的金属饰片、从前的工具、体操器械、棒球球棒和接力棒被当作圣饼分发也未尝不可——在我们这座健身房神秘的光线中，两支篮球队之间的跳球显得隆重、感人，近似于神甫授职仪式或坚信礼。没有争到球的一方像做圣事似的谦卑而迅速地退回灯光微弱的后场，富有生气的十分钟比赛结束了这节体操课。每当户外阳光普照，便有几束朝晖穿过校园里那几棵栗子树的叶子和尖拱窗照射进来。只要吊环和高秋千上有人锻炼，斜射进来的侧光就会产生气氛和谐的效果。我现在只要努力回想一下，眼前还会出现那个矮小粗壮的海军上尉，他穿着我们学校的红色体操裤轻盈悠然地荡着高秋千。我看见他的双脚——他做体操时是赤着脚的——完美无瑕、舒展自如地沐浴在一道斜射进来的金灿灿的阳光里；我看见他的双手——他突然在高秋千上做了一个挂膝悬垂的动作——伸向一道弥漫着金色尘土的光束。我们的健身房古朴而悦目，更衣室的采光也是通过尖拱窗，因此，我们把更衣室叫作法衣室①。

马伦勃兰特吹响了哨子。八年级学生和六年级学生在篮球比赛之后列队集合，为海军上尉唱起《我们踏着晨露爬山去》②，然后解散去更衣室。大家很快又围上了海军上尉，不过八年级学生并不一味纠缠。海军上尉在唯一的洗手盆里——我们没有淋浴间——仔细洗了洗双手和腋窝，然后动作迅速地脱掉借来的体操服，换上自己的内衣内裤，我们什么也没能看见。他又开始回答学生们的提问，脸上堆满笑容，情绪很高，口吻有些傲慢。利用两次提问之间的沉默，他用两只手不安地摸索着，先是隐蔽继而又完全公开地寻找起来，甚至包括凳子下面。"请等一下，小伙子们，我马上就回来。"海军上尉穿着海军蓝的裤子和白衬衫，没顾上穿鞋，只穿着袜子就从学生和凳子中间挤了出去。这里臭气熏天，就像动物园里的小型猛兽馆。他的衣领敞着，翻了起来，等待着系上领带并佩上那枚我无法用语言描绘的勋章的绶带。在马伦勃兰特老师的办公室门上挂着每周使用健身房的课时表。他一边敲门，一边闯了进去。

除了我以外，还有谁怀疑过马尔克呢？我现在不能肯定，当初我是不是立刻就问："马尔克上哪儿去了？"但是，即便如此，我的声音也不会太高，其实，我本该大声喊的。席林也没有大声喊叫，霍滕·索恩塔克、温特尔、库普卡和埃施都没有大声喊叫。与此相

---

① 教堂用于放置圣器和法衣以及供教士更衣的房间。

② 这是一首瑞典大学生漫游歌曲，一直受德国青年喜爱。

反,我们大家一致认为这是身体孱弱的布施曼干的,这个淘气包即使挨了十几个耳光之后仍然不会停止那种永恒的、从娘胎里带来的冷笑。

马伦勃兰特身穿厚绒呢浴衣,领着衣衫不整的海军上尉站在我们中间,高声吼道:"这是谁干的? 自己说出来!"这时,布施曼被推到了他的面前。我也高喊着"布施曼",心里已经能够自然而然地想:没错,只能是布施曼干的,除了布施曼还会有谁?

当布施曼从好几个方面——包括海军上尉和八年级的那个班长——受到审问的时候,在我们的身后,从最外面开始骚动起来。布施曼脸上的冷笑即使在审问时也不肯消失,所以他挨了第一记耳光,骚动顿时停了下来。我睁大眼睛,竖起耳朵,等待着布施曼一一招供。一种确信无疑的信念顺着我的脖子爬了上来:瞧着吧,这可是一桩了不得的事啊!

布施曼仍在冷笑,我对他作出解释的期望越来越小,尤其是因为马伦勃兰特赏给布施曼许多耳光也暴露出了他自己缺乏信心。马伦勃兰特不再提那件失踪的东西,而是在两记耳光之间高声吼道:"你应该把冷笑收起来。不准再笑了! 我非要改一改你这种冷笑的毛病不可!"

顺便说一句,马伦勃兰特没有能够让布施曼改掉冷笑的毛病。我不清楚布施曼今天是否还活着。但是,假如现在有一位布施曼牙医、布施曼兽医或布施曼助理医生——海尼·布施曼当时想进大学攻读医学——那么,他将是一位冷笑的布施曼大夫。因为,这种冷笑经久不变,不至于这么快就消失殆尽,它在无数次战斗和币制改革①中幸免于难,甚至当领口空空荡荡的海军上尉期待着审问成功时,这种冷笑就已经战胜了马伦勃兰特老师的耳光。

尽管布施曼把大家的目光都吸引到自己身上,我还是偷偷地回头望了一眼马尔克。我不必四下里找他,单凭脖子就能感觉到他在哪儿暗暗地哼着《圣母颂》。他站得不算远,但丝毫也不参与起哄;他已经穿好衣服,正在扣衬衫最上面的那个纽扣。从剪裁式样和布纹来看,这件衬衫很可能是他父亲留下来的。他费了好大的劲儿,想把他身上的特殊标志塞到纽扣的后面。

撇开脖子上那个一蹿一蹿的玩意儿和随之运动的咀嚼肌,马尔克给人留下了一个镇静从容的印象。当他意识到纽扣不可能扣在喉结上面之后,就从挂在衣架上的外套胸前的内袋里掏出一条压皱了的领带。我们年级没有人打领带。在七、八、九三个年级也只有少数几个爱慕虚荣的家伙系着滑稽可笑的蝴蝶结。两个小时之前,当海军上尉结束他那鼓舞人心的报告离开讲台时,马尔克的衬衫领口还是空荡荡的。然而,这根压皱了的领带那时就已经装在他上衣胸前的内袋里,急切地等待着关键的时刻。

这是马尔克的领带首次亮相。他站在更衣室那面唯一的、斑斑点点的镜子前面——没有凑到跟前,而是保持一段距离,像是做做样子似的——将那条印着彩点、在今天看来很不像样的领带围

---

① 指1948年在德国英美法占领区进行的币制改革。

到翻起来的衬衫领子的外面,然后把领子翻下来,又扯了一下那个过大的领结。他开始说话,声音不高,但却有声有色:"我敢打赌,这不是布施曼干的。是不是已经有人搜过布施曼的衣服?"仍在进行的审问和打耳光的响声把他的话衬托得清清楚楚。马伦勃兰特不顾海军上尉的反对,仍在没完没了地抽打布施曼那张冷笑的脸。

马尔克立刻就获得了听众,虽然他是在冲着镜子说话。他的新花样——领带直到后来才引起大家的几分注意。马伦勃兰特亲自动手搜查布施曼的衣服,这一下又有了抽打那张冷笑的脸的理由:他在上衣的两个口袋里找到许多刚刚拆封的避孕套,布施曼常用这种东西在七、八、九三个年级中做点小生意——他的父亲是药房老板。除此之外,马伦勃兰特一无所获。海军上尉无可奈何地系好军官领带,翻下衣领,用手指轻轻地敲了敲先前挂着勋章、此时已空荡荡的位置,建议马伦勃兰特不必将事情看得过于严重:"还是有可能弥补的嘛,参议教师先生。这没什么大不了的,不过是一次恶作剧罢了!"

但是,马伦勃兰特下令锁上健身房和更衣室,然后在两个八年级学生的协助下开始搜查我们的口袋。他还检查了更衣室里每一个有可能用作藏匿处的角落。起初,海军上尉也兴致很高地为他们帮忙,但是渐渐地失去了耐心,竟然干起了平时没有任何人胆敢在更衣室里干的事情:他一支接一支地抽着香烟,把烟头扔在铺着亚麻油毡的地板上,然后用脚踩灭。当马伦勃兰特一声不吭地递给他一只痰盂时,他的情绪显然很坏。这只痰盂好多年来一直没有用过,搁在洗手盆旁边,落满了灰尘,事先已被当作失窃物品的藏匿处做过一番检查。

海军上尉像小学生似的唰的一下面红耳赤,赶紧从那张略微凸起、能说会道的嘴巴里抽出刚刚点燃的香烟。他不再抽烟,而是抱着双臂,开始神经质地看时间。只见他做了一个单调的拳击动作,让手表从衣袖里露了出来,以此表明他的时间很紧迫。

他走到门口,摇了摇套在手指上的手套,向我们告别,同时又暗示,他不会喜欢这种搜查的方式方法,他将要把这件令人不快的事情转告校长本人,因为他不打算让缺乏教养的蠢猪糟踏了他的假期。

马伦勃兰特把钥匙扔给八年级的一个学生。此人动作不够灵活,在打开更衣室大门时造成了一段令人尴尬的间歇。

第 八 章

进一步的调查占用了星期六的整个下午,却未能取得任何结果。我现在只能记得一些眼下几乎毫无必要重提的细节,因为我当时不得不盯住马尔克,盯住他那条领带——他不时地试图把打结处向上推。然而,要想不使马尔克难堪,领带上非得插上一根钉子不可。你真叫人无可奈何。

那么海军上尉呢?如果确有必要提出这一问题,答案只需寥寥数语:在下午的调查过程中他不在场;未经证实的推测有可能符合实情。据说,他在未婚妻的陪同下跑遍了市内三四家勋章商店。我们班还有人声称:在此后的那个星期日曾在"四季"咖啡馆见过他,他的身边不仅有未婚妻及其父母作陪,而且衬衫领口也不缺少什么。咖啡馆的顾客恐怕也都不安地察觉出,那位坐在他们中间斯文地用刀叉分解战争第三年生产的硬点心的先生是个什么人物了。

那个星期日我没去咖啡馆。我答应古塞夫斯基司铎去为晨祷辅弥撒。七点刚过,马尔克就系着一条花领带来了。他和那五个常来的老妇人无法掩饰那间从前的健身房的空虚。领圣餐时,他仍像往常一样坐在左排外侧。傍晚,当学校的调查结束后,马尔克肯定立刻就去圣母院做了忏悔。或许,你只是出于这样或那样的原因在圣心教堂咬着维恩克司铎的耳朵嘀咕了几句。

古塞夫斯基司铎把我叫住,问了一些有关我哥哥的情况。我哥哥驻扎在俄国,现在很可能已经躺在那儿了,因为我们一连几个星期都没有听到他的任何消息。我又一次浆洗熨平了所有的晚祷服和白衬衣,古塞夫斯基司铎也许会为此赏给我两卷覆盆子糖吃。当我离开法衣室时,马尔克肯定已不在教堂了。想必他已经乘电车走出了一站路。我在马克斯·哈尔伯广场登上九路电车的后面一节车厢。在马格德堡大街车站,车正要启动,席林突然跳了上来。我们谈了一些无关紧要的事。或许我还把古塞夫斯基司铎赏给我的覆盆子卷糖掰了一点儿给他。我们坐的车在萨斯佩农庄和萨斯佩公墓之间超过了霍滕·索恩塔克。他骑着一辆坤车,图拉双腿分开坐在后架上。这个干瘦的小妞儿仍然像往常那样露着两条光滑的长腿。不过,她身上已经不再是又扁又平的了。自行车带起的风拨弄着她的长发。

因为我们要在萨斯佩农庄的岔道与反方向的电车错车,霍滕·索恩塔克和图拉便又一次把我们甩在了身后。他们俩在布勒森车站等着我们,自行车靠在海滨浴场管理处的一个废纸篓旁边。他们在玩小弟弟和小妹妹的游戏,小手指和小手指钩在一起。图拉的衣裙湛蓝湛蓝,像过了水似的,上上下下都那么短、那么紧、那么蓝。霍滕·索恩塔克背着一个包着游泳衣和其他东西的小布卷。我们懂得如何从无言的对视中了解情况,如何从意味深长的沉默中寻找答案:"明摆着嘛! 除了马尔克还能有谁? 这位老兄真棒。"

图拉想听个究竟,一边催问,一边轻轻地敲击尖尖的手指。但是,我们谁也没有说出那个东西的名称,只是简单地重复着:"除了马尔克还能有谁?""明摆着嘛!"席林,不,是我后来发明了一种新的说法。我冲着霍膝·索恩塔克的脑瓜和图拉的小脑瓜之间的空当说道:"伟大的马尔克。这肯定是伟大的马尔克干的! 只有这一种可能。"

这个称呼保留下来了。所有从前将马尔克这个名字标上绰号的企图在很短的时间之内统统失败了。我至今还记得"落汤鸡"这个绰号;当他站在一边观望时,我们还叫过他"穷光蛋"或"可怜虫"。然而,"这肯定是伟大的马尔克干的"这句我脱口而出的话被证明是最有生命力的。因此,下文凡是提到约阿希姆·马尔克的地方都用了"伟大的马尔克"这种说法。

到了售票处,我们才甩开图拉。她朝女子浴场走去,两边肩胛骨把上衣绷得紧紧的。从男子浴场前面的阳台式建筑向远处眺望,可以看见一片在朵朵白云遮蔽下的波光粼粼的大海。水温:十九度。我们无须寻觅,三个人就都看见,在第二片沙洲后面有一个人正奋力朝着扫雷艇方向游去。他游着仰泳,掀起了一片浪花。大家一致认为:只能派一个人去跟踪他。席林和我建议霍膝·索恩塔克去,可他却更愿意和图拉·波克里弗克一块儿到男女混合浴场的遮阳板后面躺一躺,用沙子埋住她那一双长腿。席林则推托说早餐吃得太多:

"肚子里净是鸡蛋之类的东西。我奶奶住在克拉姆皮茨村①,她养了一群鸡,有时来城里过礼拜天,总要带上十五六个鸡蛋。"

我一时想不出什么话可说。做弥撒之前,我已经吃过早餐。我很少遵守圣餐前斋戒的教规②。"伟大的马尔克"既不是席林也不是霍滕·索恩塔克的发明,而是我的首创,因此我只好跟着他游,但是我并不怎么卖力。

在女子浴场和男女混合浴场之间的栈桥上,我和图拉·波克里弗克险些吵起来,因为她竟想和我一道游过去。她趴在栏杆上,四肢瘦得像芦柴一样。接连好几个夏天,她一直穿着那件鼠灰色的、到处打着补丁的儿童游泳衣;微微隆起的乳房承受着挤压,大腿被紧紧地勒住,两腿之间还缀着一团像阴唇似的破布。图拉叉开脚趾,又努鼻子又噘嘴地论长道短。当她为了一件礼物——霍滕·索恩塔克悄悄对她耳语了几句——准备放弃跟我一块儿游时,四五个低年级男生翻过了栏杆。我常在沉船上见到这几个人,他们个个都有好水性。他们大概是听说了什么,这会儿显然是要去沉船,即使没有直截了当地把沉船称为他们的目标:"我们想游到别处去,上防波堤那边看看。"霍滕·索恩塔克赶紧为我说话:"谁要是跟在他后面游,可要当心挨揍啊。"

我从栈桥上一个猛子扎进水里,向远处游去,在水中不断地变换姿势,游得不紧不慢。当时游泳和现在写作时,我总是试图把思路引

---

① 但泽东南的一个村子。
② 天主教规定,教徒自圣餐前一天的子夜起不得进食。

到图拉·波克里弗克身上,因为我当时和现在都不愿意总是去想马尔克。我当时采用了仰泳姿势,所以,现在我写道:我当时采用了仰泳姿势。唯有如此,我当时和现在才能看见,骨瘦如柴的图拉·波克里弗克穿着鼠灰色的游泳衣趴在栏杆上:她越来越小,越来越疯疯癫癫,越来越令人痛心。对我们来说,图拉不啻是肉中之刺——不过,当我游过第二片沙洲时,她便被抹去了;她不再是一个点、一根刺、一个孔穴,我也不再是从图拉身边游开,而是朝着马尔克游去。我现在正朝着你的方向写:我不紧不慢地游着蛙泳。

在两次划水之间——水有足够的浮力——我回想着:事情发生在放暑假前的最后一个礼拜天。当时发生了什么事呢?隆美尔在北非东山再起;克里米亚半岛终被攻克①。复活节之后,我们升入六年级。埃施和霍滕·索恩塔克自愿报名参军,两人报的都是空军,但是,就像我似的,犹豫来犹豫去,一会儿想报海军,一会儿又不想报海军,结果,他们俩都进了装甲特种兵部队,那是一个比较优越的步兵兵种。马尔克没有报名。他不仅再一次破了例,而且还说:"你们大概头脑发涨了!"实际上,年长一岁的马尔克最有条件在我们前面出出风头。但是,现在写下这些的人绝不应该抢头功。

最后两百米我游得更慢了。为了便于换气,我没有改变姿势,仍然游蛙泳。伟大的马尔克仍像往常那样坐在罗经室后面的阴影里,

---

① 1942年6月底,德国陆军元帅隆美尔统率的非洲军团在北非战场击退英军;同年7月初,德国和罗马尼亚联军攻占了苏联的克里米亚半岛。

只有膝盖暴露在阳光下。他肯定已经潜下去过一次。一首序曲时断时续的余音回荡在飘忽不定的海风中,传到我耳朵里时只剩下一些细碎的声波。这是马尔克玩的把戏:他钻进小舱房,摇足旧留声机的发条,摆好唱片,随后披散着湿漉漉的中间分道的头发爬上舰桥,蹲在阴影里静静地聆听自己放的曲子。海鸥盘旋在沉船的上空,用嗷嗷的鸣叫赞颂灵魂转世的信念①。

　　不,趁着天色尚早,我要再次改为面部朝天的姿势,以便仰望那一朵朵形如土豆口袋的白云。这些分布均匀的云团源源不断地从普齐格湾飘来,经过沉船的上空缓缓地向东南方向飘去,海面忽明忽暗,让人感到一阵阵的凉意。我很久没有看到如此洁白美丽、如此酷似土豆口袋的云彩了。前一次恐怕还是在两年前协助阿尔班神甫在科尔平之家②举办的画展上。他当时说:"咱们教区的孩子画出了夏天。"当游近锈迹斑斑的沉船时,我再一次问自己:为什么我要来?霍滕·索恩塔克和席林干吗不来?本来完全可以支派那几个低年级男生上船的;让图拉和霍滕·索恩塔克同行也未尝不可。即使大家带着图拉一道过来又有什么关系?那几个低年级男生不是没完没了地追着这个干瘦的小妞儿吗?他们中间有一个大概还和图拉沾点亲,因为别人都说他是图拉的表哥。但是,我还是独自下了水,并且还关照过席林,别让任何人跟在我的身后。我

---

① 据西方传说,海鸥的生命可以无限轮回。
② 科尔平(1813—1865),科隆大教堂执事长,1846 年创建第一个天主教行业协会,即国际科尔平盟会的前身。

不紧不慢地游着。

我姓皮伦茨——我的名字无关紧要——曾经当过弥撒助手，那时我简直见一行爱一行。现在我在科尔平之家当秘书，而且迷上了这个差事。我阅读布洛瓦①、诺斯替教派②、伯尔③以及弗里德里希·黑尔④的作品，此外还常常翻看善良的老奥古斯丁⑤那本令人骇异的《忏悔录》。我喜欢泡一杯红茶，和阿尔班神甫彻夜长谈，探讨有关耶稣的血、三位一体⑥和告解⑦等问题，向这位开明的、半路出家的托钵修士⑧介绍马尔克、马尔克的圣母玛利亚、马尔克的喉结和马尔克的姨妈，提到马尔克的中分头、糖水、留声机、雪枭、改锥、羊毛流苏和荧光纽扣，谈起猫与鼠和"我的罪过"⑨，叙述伟大的马尔克如何坐在小船上而我又如何用蛙泳和仰泳不紧不慢地朝他游去。如果说马尔克有好朋友的话，那么只有我和他还算得上够交情。为了保持这种友情，我花了不少力气。不！我并没有花多少力气。我和他以及他那些不断变换的饰物有着自发的联系。假如马尔克说："给我干这个！"我准会不遗余力地去干。可是，马尔克从来不开口。

① 布洛瓦(1846—1917)，狂热信奉天主教的法国小说家和评论家。
② 罗马帝国时期希腊—罗马世界的一个秘传宗教。
③ 海因里希·伯尔(1917—1985)，联邦德国作家。
④ 奥地利历史学家、政治评论家和出版家赫尔曼·戈德的笔名。
⑤ 奥古斯丁(354—430)，基督教神学家和宗教活动家，有自传体作品《忏悔录》传世。
⑥ 基督教基本信条之一。
⑦ 天主教圣事之一。
⑧ 即天主教托钵修会会员。托钵修会提倡过安贫、节欲的苦行生活。
⑨ 原文为拉丁文。

有时,我为了和他一道上学不惜绕道去东街约他,而他对这种做法仅仅是默许而已。当他开始把羊毛流苏作为时髦的装饰时,我第一个响应,在自己的脖子上也挂了一串。有一段时间,我也用鞋带系上一把改锥戴着,不过只是在家里戴罢了。自从升入五年级,信仰宗教和所有涉足圣事的前提就已不复存在。然而,为了能在圣餐仪式上窥视马尔克的脖子,我仍然充当弥撒助手,以便讨好古塞夫斯基司铎。伟大的马尔克在一九四二年的复活节之后——当时在珊瑚海发生了有航空母舰参加的激战①——头一次剃胡须,我也在两天以后朝自己的下巴上刮了几刀,尽管我根本就还没有长出一根胡子。假如马尔克在潜艇艇长讲演之后对我说:"皮伦茨,去把那玩意儿连同带子一块儿偷来!"我一定会从挂衣钩上为你把那个带有红白黑三色②绶带的玩意儿摘下来的。

然而,马尔克总是独自行动。他一个人坐在舰桥上的阴影里倾听着水下那凄婉的乐曲:《乡村骑士》③——海鸥在空中盘旋,海水时而平静如绸,时而掀起粼波,时而白浪翻滚——停泊场里停着两条大肚子货轮——云彩投下的阴影不时地掠过水面——六艘快艇编队朝普齐格湾驶去,船首激起层层波浪,几只拖网渔船散在其间——浪击沉船,发出哗哗的响声。我一边慢慢地游着蛙泳,一边从几根露出水面的通风管之间的空隙向远处张望——实际上总共有几根?当双手

---

① 指1942年5月4日至8日在西太平洋珊瑚海美、日之间的海战和同年6月4日至7日的中途岛战役。
② 红白黑是当时的德国国旗的颜色。
③ 意大利作曲家马斯卡尼(1863—1945)的独幕歌剧。

快要碰到锈铁板时,我开始盯住你。整整十五年来,我一直在盯着你!我游上前去,抓住锈铁板,眼睛盯着你:伟大的马尔克一动不动地蹲在阴影里。船舱里的唱片像着了魔似的重复着同一段曲子,直到发条转完为止。海鸥在空中掠过。你的脖子上挂着那件有绶带的东西。

他的身上除此之外一丝不挂,看上去颇为滑稽。一副瘦骨头架子带着从不消退的晒斑赤条条地蹲在阴影里,只有两膝是亮晃晃的。长长的、半挺着的阴茎和两个睾丸平摊在锈铁板上。双手夹在腘窝里。头发一缕一缕地披在耳际,头顶正中的发路并未因潜水而弄乱。他竭力表现出一副救世主的神态,在这副尊容下面,那枚硕大的、近乎一掌宽的"糖块"作为全身唯一的饰物一动不动地悬挂在两根锁骨之间。

至今我仍然觉得,那个为马尔克提供动力——虽然他还有若干备用的动力——和制动力的喉结,第一次找到了一个标准的对称物。马尔克闭目沉思,竟有半晌没动一下身子。因为这枚造型匀称、令他倾心的十字架有着一段不寻常的经历:早在人们以金易铁的一八一三年,好心的老申克尔①就按照古典主义审美观设计了这个引人注目的东西,一八七〇年至一八七一年间稍有变化②,一九一四年至一

---

① 申克尔(1781—1841),德国建筑师和画家。他根据普鲁士国王腓特烈·威廉三世(1770—1840)所画的草图设计了铁十字勋章。
② 1870年7月19日,即法国对德国宣战之日,德国重设铁十字勋章,新添了普鲁士王冠和威廉一世(1797—1888)姓名的缩写字母"W"和"1870"的字样。

九一八年间又略有改观①,这一次它再度更新了面目②。它与那种从马耳他式八角勋章③演变而来的"为了功勋"④已经不可同日而语,尽管申克尔发明的这种畸形怪物首次从胸前移到脖子上,并且宣称对称性为 Credo⑤。

"怎么样,皮伦茨,这玩意儿够漂亮的吧?"

"真不错,让我瞧瞧。"

"受之无愧,对吗?"

"我立刻就想到,这玩意儿肯定是给你弄走了。"

"没有的事儿。这是昨天才颁发给我的。在开往摩尔曼斯克的护航船队中⑥,有五艘军需船和一艘'南安普敦'级的巡洋舰都是被我……"我们俩那会儿由着性子开心,想以此表现我们的乐观情绪;我们把《英格兰之歌》⑦从头至尾哼了一遍,随后又即兴编配了一套新词。在我们编的歌词中,不是油轮和军舰,而是古德伦中学的几个

---

① 1914 年 8 月 5 日德国对俄法宣战之后,德皇威廉二世(1859—1941)决定第二次重设铁十字勋章,并将勋章上的 1870 改为 1914。
② 1939 年 9 月 1 日德国对波兰宣战之后,希特勒宣布第三次重设铁十字勋章,正面图案增加"米"字,并标上 1939,背面刻上 1813。
③ 即十二世纪时马耳他荣誉骑士所戴的式样为红底白星的勋章,后成为白十字骑士团勋章。
④ 原文为法文,系 1740 年普鲁士国王弗里德里希二世所设的荣誉勋章的名称。
⑤ 拉丁文,意即"我信仰",是基督教尼西亚信经或使徒信经的名称,取自第一句:"我信仰唯一的上帝。"
⑥ 自 1941 年 8 月起,德国空军和海军从挪威的基地不断袭击英美开往苏联摩尔曼斯克港和阿尔汉格尔斯克港的运输船队。
⑦ 即第二次世界大战期间在德国海军中流行的《水兵之歌》,歌词作者是以描写荒原景色著称的德国诗人赫尔曼·隆斯(1866—1914)。

女学生和女教师在船上被钻了孔。我们噼噼啪啪地拍着巴掌，报出特别新闻中那些既无聊又夸张的被击沉的敌舰的数目。我们还用拳头和胳膊肘猛击甲板：沉船发出轰隆轰隆的回响，晒干的鸟粪弹了起来。海鸥再次飞来，几艘快艇驶入港口；美丽的白云似的缕缕轻烟在我们的头顶和远远的天边飘来荡去，似福星高照，又似浮光掠影；没有一条鱼儿跃出水面，天气始终不错。那个玩意儿在抖动，绝非由于喉结的缘故，而是因为他浑身都在颤动。他第一次变得有点傻气，不仅没了救世主似的神态，而且还显得疯疯癫癫。他从脖子上摘下那枚勋章，怪模怪样地把绶带两头按在胯骨上，又开双腿，耸起双肩，将脑袋歪向一侧，滑稽地学着不知哪个姑娘的模样，那个硕大的金属"糖块"在他的睾丸和阴茎前面摇来晃去：勋章只能勉勉强强地遮住他的生殖器的三分之一。

其间——你的表演渐渐让我感到腻味起来——我问他，是否准备把这玩意儿留下；我还说，他最好将这东西存放在甲板下面那间暗舱里，摆在雪枭、留声机和华苏斯基之间。

伟大的马尔克早有其他计划，并且正在付诸实施。假如马尔克真的把那件东西存放在甲板下面，假如我和马尔克从来就没有交情，假如两者均为现实，即那件东西被藏在报务舱里，我仅仅由于好奇和与马尔克同班，才和他保持着不远不近的联系，那么我现在则毫无涉笔的必要，我也无须对阿尔班神甫说："那是我的过失，倘若马尔克后来……"但是我必须写，因为只有这样才能得到解脱。在白纸上舞文弄墨固然十分惬意，然而，朵朵白云和阵阵轻风，按时列队进港的快艇,那群宛如古希腊合唱团的海鸥①,于我有何裨益呢?语法规则的无穷变幻又有何用?即使我全用小写,不加标点符号,我也只能说:马尔克没有把那玩意儿藏在波兰"云雀"号扫雷艇的报务舱里,没有把它挂在华苏斯基元帅和琴斯托霍瓦的圣母之间,也没有把它摆在半死不活的留声机和渐渐腐烂的雪枭上面。他只是趁我数海鸥的时候,把那个"糖块"挂在脖子上到水下作了约莫半小时的短暂访问,在那儿对着圣母玛利亚——我敢肯定——炫耀了一番那枚精美绝顶的勋章,然后就带着它重新从船首的舱口钻出水面,戴着那件饰物穿上游泳裤,和我一道缓缓地游回浴场。他从席林、霍滕·索恩塔克、图拉·波克里弗克和那几个低年级男生身边走过时,把这块铁家伙紧紧地攥在手心,偷偷地将它带入了男子浴场的更衣室。

我含含糊糊地向图拉和她的追求者们介绍了情况,随即钻进我的更衣室,迅速地换好了衣服。我在九路车站追上了马尔克。电车开动以后,我一直试图说服他,应该亲自将勋章还给海军上尉,此人的地址我们完全可以打听到。

我觉得,他根本没用心听。当时,我们俩挤在电车后面的平台上,周围站满了星期日傍晚回城的乘客。在站与站之间,他都要松开放在他和我之间的手。我们俩把目光投向斜下方,盯住那枚系在一条湿漉漉、皱巴巴的绶带上的黑色金属。电车驶上萨斯佩农庄的高坡,马尔克没有解开绶带,将勋章拿到领带结的前面,对着平台上的

---

① 在古希腊悲剧中,合唱经常起到烘托和解说悲剧剧情发展的作用。皮伦茨把沉船上空盘旋的海鸥比作合唱团,意在暗示马尔克的悲剧命运。

玻璃照了起来。电车停下来等候反方向过来的车。我将目光从他的一只耳朵上移开，掠过荒凉的萨斯佩公墓和那些歪歪扭扭的沙地松树，投向远处的机场。正巧，一架机身宽大的三引擎 Ju-52 型飞机在缓缓着陆，它可帮了我的忙。

星期日的乘客无暇顾及伟大的马尔克的表演。他们带着孩子，夹着游泳衣裤，在沙滩上玩得筋疲力尽，说起话来只能扯着嗓门，在长凳之间高喊。孩子们的哭闹叫喊此起彼伏，时高时低，在车厢的两个平台之间回荡——再加上足以使牛奶变酸的气味。

我们在终点站——布隆斯霍费尔路下了车。马尔克回过头来说，他打算去干扰高级参议教师瓦尔德马尔·克洛泽的午间休息，他准备一个人去——即使等他也是毫无意义的。

克洛泽住在鲍姆巴赫大街——这是众所周知的。我陪伟大的马尔克穿过电车路基下面的瓷砖地道，然后让他独自走了。他不急不忙地走着"之"字形路线，用左手的大拇指和食指捏住绶带顶端，来回地转着勋章，将它当成可以带他去鲍姆巴赫大街的螺旋桨和驱动器。

该死的计划！该死的行动！你真该把那玩意儿扔到菩提树上去。在这个绿树掩映的别墅区有的是喜鹊①，他们准会把它据为己有，私藏起来，跟银咖啡匙、金戒指、钢针玉佩之类搁在一起。

马尔克星期一没来上课。全班同学议论纷纷。布鲁尼斯老师来

---

① 西方常把喜鹊比喻为行窃者。

上德语课,像以往一样把本来该分给学生的维生素 C 片含在嘴里。讲台上放着一本翻开的《艾兴多夫选集》。他那老年男子的含混而又悦耳的声音不断地从讲台上传来:先是几页"无用人"①,接着是磨坊的风车、小戒指和行吟诗人——两个小伙计,虎虎有生气——有一只小鹿,令人怜爱无比——一支歌在大千世界沉睡——暖风从蓝天上吹来——他只字未提马尔克。

星期二,克洛泽校长夹着灰色的公文包来到我们班。他走到正不知所措地搓着双手的埃尔德曼老师身边,用冷静的语调在我们头顶上高声说道:正值大家务必同舟共济的生死关头,发生了一件闻所未闻的事情。肇事者——克洛泽没有直接点名——已被开除学籍。但是,校方将不通知其他部门,例如团总部②。他告诫学生们不要张扬此事,要保持男子汉的沉默,弥补这件有失体面的行为给学校带来的损失。他还说这是本校过去的一位学生的愿望,此人还是潜艇艇长、海军上尉以及某某勋章的获得者。

伟大的马尔克被赶出了我校,转入了霍尔斯特·韦塞尔③中学——战争期间几乎没有任何人被排除在完全中学之外。那里没有什么人会揭他的老底。

---

① 即德国作家艾兴多夫的中篇小说《一个无用人的生涯》,下面是他的一些诗句和诗歌的标题。
② 希特勒青年团的最高一级组织。
③ 霍尔斯特·韦塞尔(1907—1930),德国纳粹党早期成员之一,在柏林的一次政治冲突中被人打死。他创作的《霍尔斯特·韦塞尔之歌》在纳粹时期曾被当作德国国歌。

第 九 章

　　战前,霍尔斯特·韦塞尔中学叫作威廉王子高等实科中学,这所学校和我们的学校差不多,尘土飞扬,到处都弥漫着臭味。那座一九一二年落成的大楼从外表上看要比我们这座火柴盒式的砖楼更可亲一些。它位于本市的南郊,紧靠耶施肯塔森林。所以,到了秋天,当新的学期开始之后,我们两个人上学的道路就毫不相干了。

　　暑假期间他一直没有露面——整个夏天都没有见到马尔克的影子——听说他在一个专门培养发报员的军训营①报了名。无论在布勒森还是在格莱特考浴场都无处寻觅他的晒斑。由于到圣母院去找他也毫无意义,古塞夫斯基司铎在暑假期间不可避免地失去了一个最可信赖的弥撒助手。弥撒助手皮伦茨自言自语:没有马尔克,就没有圣餐②。

　　我们这些留下来的人,有时仍旧索然无味地待在沉船上。霍

---

①　希特勒青年团对青年进行战前训练的军营。
②　这是模仿利口酒广告"没有迈耶尔酒,就没有喜庆"。下文中的"没有马尔克,就没有夏天"亦同。

滕·索恩塔克企图找到报务舱的入口,结果还是白费力气。那几个低年级男生到处传说在舰桥下面有一个布置得非常精美奇怪的暗舱。一个两只眼睛靠得很近、被他属下的那些傻瓜叫作施丢特贝克①的家伙,不辞辛苦地多次潜入水中。图拉·波克里弗克的表哥是个又瘦又小的家伙。他到沉船上来过一两次,可是从未潜下去过。我不是用思想就是用语言试图与他进行一次关于图拉的对话,我对她很感兴趣。可是,这位表哥也同我一样深受图拉头上那条蓬乱的羊毛头巾和她身上那股永不消失的骨胶气味之苦——或许是受别的什么之苦?"这关你屁事!"她表哥对我说——或者他本来会这样说。

图拉没有上船,而是一直待在海滨浴场。她同霍滕·索恩塔克的关系已经告吹。我虽然和她一块儿看过两场电影,但却没有交上桃花运:她可以和任何人一起去看电影。据说,她看上了那个叫施丢特贝克的家伙,这真是太不幸了,因为施丢特贝克似乎更看重我们的这条沉船,一直在设法找到马尔克的暗舱入口。暑假快结束时,有不少人私下传说他已经成功地潜入了暗舱,但是却毫无凭据:他既没有取出一张被水泡胀的唱片,也没有带上来一根霉烂的雪枭羽毛。然而,谣传仍然不胫而走。两年半之后,当那个以施丢特贝克为首的相当神秘的青年团伙被破获时,有人传说审案期间曾经提到我们的沉船以及舰桥下面的暗舱。我那时已经投军吃饷,有关这方面的情况

---

① 施丢特贝克是十四世纪末十五世纪初一个在波罗的海和北海一带活动的海盗组织的头目。

只能从古塞夫斯基司铎那里了解一些。他在邮路畅通的情况下一直给我写信,以表其关怀和爱护之心。他在一九四五年一月——当时俄国军队已经逼近埃尔宾①——写的最后几封信中,曾谈到所谓撒灰帮②对维恩克司铎主管的圣心教堂进行的一次可耻的袭击。信里提到了施丢特贝克这小子的父姓;此外,我还记得信中有关一个三岁孩子③的内容:他被这一帮人尊为护身符和吉祥物。古塞夫斯基司铎究竟是在最后一封信中还是在倒数第二封信中提到那艘沉船的,我现在时而很有把握,时而又不敢肯定,因为装有日记本和干粮袋的小布卷不幸在科特布斯④丢失了。那艘沉船在一九四二年暑假之前庆祝了它的盛大节日,而在暑假期间却失去了光彩。由于当时缺少马尔克,我至今还觉得那个夏天十分乏味——没有马尔克,就没有夏天!

不能说我们由于他不在而感到绝望。能够摆脱他,不必总跟在他的身后,我当然格外高兴。可是,我为何刚一开学就跑到古塞夫斯基司铎那里去报名当弥撒助手呢?古塞夫斯基司铎自然非常高兴,那副无框眼镜后面堆起了笑纹,然而,当我趁着为他刷罩袍的机会——我们坐在法衣室里——顺便问起约阿希姆·马尔克时,那副眼镜后面的笑纹立即被他的严肃一扫而光。他用一只手扶住眼镜,平静地说道:"当然,他还像以往那样尽心尽职,从未误过主日弥撒,

---

① 距但泽东南五十公里的海港城市,战后划归波兰,现名为埃尔布拉格。
② 1942 年以后在德国大城市出现的许多地下青年组织之一。
③ 指《铁皮鼓》中的主人公奥斯卡·马策拉特。
④ 本书作者 1945 年 4 月 20 日曾在科特布斯负伤。

可是,有四个星期他却跑到什么军训营去了。我决不相信您仅仅是由于马尔克的缘故才来辅弥撒的。您说对吗,皮伦茨?"

大约在两个星期之前,我们接到通知:我哥哥克劳斯下士在库班河畔①阵亡了。于是,我便把他的死说成是再次辅弥撒的理由。古塞夫斯基司铎似乎听信了我的话,或者他是努力使自己相信我和我的进一步发展了的虔诚之心。

让我回忆霍滕·索恩塔克或者温特尔的面部细节是很困难的,然而,我却记得古塞夫斯基司铎那浓密、粗硬、略有点花白的黑色鬈发和那使罩袍落满头屑的头皮。他的后脑顶部剃得光光的,泛着淡淡的青色②。他的身上始终散发出桦木护发水和棕榈橄榄油香皂的气味。他时常用一支雕刻精细的琥珀烟嘴吸东方香烟③。他算得上是一个开明的神职人员,常常在法衣室和我们这些弥撒助手以及首次领圣餐的孩子打乒乓球。所有的白色法衣,包括披肩和长袍,他都要让一个叫托尔克米特的女人浆得十分硬挺:要是那老婆子身体不爽,这事儿便交给手脚灵巧的弥撒助手,经常是由我来完成的。无论是臂巾、圣带④还是衣柜里摆着或挂着的十字褡⑤,他都亲自系上了薰衣草香袋。在我大约十三岁的时候,他曾经将那短小无毛的手伸进我的衬衫里,从颈项向下,一直摸到裤腰处才把手抽了回去,因为

----

① 库班河发源于高加索山脉,流入亚速海。苏德军队曾在库班半岛激战。
② 天主教神职人员均将头顶剃光,作为识别记号。
③ 即淡味型香烟,其原料主要产自罗马尼亚、埃及和土耳其等国。
④ 神职人员挂在左臂上起装饰作用的圣巾谓臂巾;交叉在胸前印有十字架图案的长条带谓圣带。
⑤ 神甫行弥撒或圣餐礼时穿的宽大的无袖长袍。

我的运动裤上没有松紧带。我以前都是用缝在里面的布带子系裤子。由于古塞夫斯基司铎的友善态度和那种常常酷似男孩的气质已赢得了我的好感，所以我并不很计较他企图实施的动作。直到今天，我想起他的时候还常在心里不无善意地嘲笑他。至于他有时不怀恶意地、只是为了探寻我皈依上帝的心灵而顺手摸一把的事情，在这里就毋庸多言了。总的来看，他是一个很普通的神甫。尽管他管辖的教区以读书不多的工人为主，他还是精心装备了一个阅览室。他对工作保持着适度的热情，在信仰方面也有所保留——例如关于圣母升天的教义——此外，无论谈到圣坛的台布、耶稣的血还是在法衣室谈起乒乓球球艺，他都是那样煞有介事地吊着嗓门。如果说他有什么俗气的地方，那就是他在四十岁出头时提出改名的申请，不到一年之后他便开始自称为古塞温或古塞温司铎，而且还让别人也这样称呼他。当时，把以"基""科""拉"——例如弗尔梅拉——结尾的波兰式姓名日耳曼化是许多人都追赶的时髦：列万多夫斯基变成了伦格尼施；屠户奥尔采夫斯基先生脱胎成为奥尔魏因肉铺老板；于尔根·库普卡的父母想改姓东普鲁士的姓库普卡特——可是他的申请不知何故被拒绝了。或许是按照扫罗变为保罗①的模式，古塞夫斯基也想变为古塞温，但是在本文中，古塞夫斯基司铎依然是叫古塞夫斯基，因为你，约阿希姆·马尔克没有改名换姓。

---

① 保罗，基督教《圣经》故事人物，原名扫罗，后易名为保罗，在罗马被尼禄皇帝处死。

当我在暑假之后第一次去辅早晨弥撒时，我又一次见到了他。弥撒前的祈祷刚刚结束——古塞夫斯基站在使徒书位①一边念领祷词——我就在圣母祭坛前的第二排长凳上发现了他。不过，直到朗读使徒书和吟诵赞美诗之间的空歇以及此后诵读福音书的时候，我才有时间端详他的容貌。他的头发仍然像往常那样从正中向两边分开，用糖水加以固定，而且新近又增加了近一根火柴杆的长度。浸过糖水而显得十分僵挺的头发犹如陡斜的屋顶盖在两侧的耳朵上：他几乎可以代替耶稣显灵了。他十指交叉，双手举到额前，胳膊肘子悬空。在两手之间的缝隙下面露出了那段完全裸露的、毫无遮掩的颈项。他把衬衣的领子翻在罩衣的领子外面：没有领带，没有流苏，没有垂饰——改锥或其他任何一件取自那个收藏丰富的宝库的东西。空旷的原野上唯一的动物就是那只跳动不止的老鼠。它蛰伏在皮肤下面，取代了喉结；它曾经引来了那只黑猫，并且诱使我将那只猫接到他的脖子上。在喉结和下巴颏儿之间的皮肤上还留着几道已经结痂的抓痕。在唱赞美诗的时候，我险些误了摇铃。

在领圣餐的长凳前，马尔克的举止倒不算很做作。他把交叉的双手垂到锁骨下面，嘴里发出一股难闻的气味，似乎他的肚子里没完没了地用文火熬着一锅甘蓝。他刚刚拿到圣饼就玩了一个新花样。迄今为止，他一直像每个领圣餐者一样，默默地从圣餐长凳径直走回

---

① 天主教举行礼拜仪式时，主礼人和辅礼人通常站在圣坛前的左侧朗读使徒书，站在右侧朗读福音书，因此圣坛的左侧被称作使徒书位。

他在第二排的座位。这一次他却延长了这段路,在退回原位的途中他先是踮着脚缓慢地走到圣母祭坛的正对面,然后双膝跪下,不是直接跪在亚麻油毡地板上,而是选择祭坛前的一块粗毛地毯作为垫子。他将交叉的双手举过眉间,举过头顶,充满渴求地一点点伸向那个比真人稍大的石膏塑像。那位处女中的佼佼者站在泛着银光的月弯上,怀里没有抱孩子,身上那件布满繁星的普鲁士蓝色①罩袍从肩头一直披落到踝骨,修长的十指交叉在扁平的胸前,那双镶嵌的、略微外凸的玻璃眼珠仰望着从前的健身房的天花板。马尔克依次抬起两膝,站了起来,再次将十指交叉举到翻开的衬衣领口前面,地毯在他的膝盖处留下了一块粗糙的红色图案。

古塞夫斯基司铎也注意到了马尔克这种新发明的每个细节。我并没有提出什么问题。弥撒仪式刚完,他像是受到压抑要卸下或者分摊某种负担似的,立刻就情不自禁地谈起了马尔克过分的虔诚和引人注目的举止,以及长期以来一直困扰着他的担忧。他说,无论是哪一种内心危机使马尔克拜倒在圣坛前面,他对圣母玛利亚的虔诚都接近于异教徒式的偶像崇拜。

马尔克在法衣室的出口处等着我。我差点惊恐地退入门内,但他已经抓住我的手臂,用从未有过的轻松口吻又说又笑。他这个平素沉默寡言的人开始谈起天气:晴朗和煦的秋日,金色的游丝挂满天空——未等话音落下,他突然将话锋一转,还是用那种聊天的口气说

① 一种深蓝色。

道:"我是自愿报的名,可事后不禁摇头后悔。要知道,我对这些事儿没有多少兴致,我指的是军队、战争游戏以及对尚武精神的大肆渲染。猜猜看是什么兵种。你肯定猜不出来!现在当空军没劲透了。伞兵?岂不让人好笑!还是我自己说吧,我想上潜艇。你瞧,就是这么回事。这是唯一还有机会露一手的兵种,尽管我觉得待在那玩意儿里面多少有些孩子气。我这个人更喜欢干一些有实效的或者滑稽可笑的事。你知道,我曾经想当丑角演员。男孩子什么都想得出来。我觉得眼下这份差事还算说得过去,别的嘛,也还凑凑合合。咳,学生终究是学生。那会儿我们也真能胡闹。你还记得吗,当时我怎么也适应不了那玩意儿,总觉得是一种什么病,其实完全正常。如今,在我认识和见过的人当中,不少人那玩意儿比我的大多了,他们并不因此而大惊小怪。当时是从猫的故事开始的。你还记得咱们躺在海因里希·埃勒斯运动场上的情景吗?当时大概正在进行一场棒球比赛。我在睡觉或者是迷迷糊糊地半睡半醒,这时过来一只灰不溜秋的畜生,也许是黑色的,它盯住我的脖子就扑了上来,要不就是你们当中的一个——我想是席林,他准会干这事儿——拎起那只猫……后来嘛,我就游到那边去了。不,我再也没有上过沉船。施丢特贝克?听说过。随他的便好了。我并没有把沉船租下来,是不是?有空上我们那儿去玩。"

马尔克使我成为整个秋天里最勤奋的弥撒助手,直到基督降临节①的第三个星期日,我才应邀去他家。基督降临节之前的很长一段时间,我只能独自辅弥撒,因为古塞夫斯基司铎再也找不到第二个助手了。本来,我准备在基督降临节的第一个星期日就去马尔克家,并且给他送些蜡烛,但是蜡烛很晚才"配给"下来,因此马尔克也就只好等到第二个星期日才能把蜡烛供在圣母祭坛前。他曾经问过我:"你能给弄几根吗?古塞夫斯基抠得连一根都不愿意往外拿。"我答道:"试试看吧。"我为他弄到一根战争年代十分稀有的、白得像土豆芽似的长蜡烛,因为我哥哥是烈士,所以我们家可以领到这类计划商品。我步行来到物资统配局②,在出示死亡证明书之后领到了一张配给证。我乘电车来到奥利瓦区的特供商店,可是那里的蜡烛已经全卖光了。后来我又专程跑去两次,在基督降临节的第二个星期日总算可以为你提供蜡烛了。正像我所想象和期望的那样,我在这个星期日终于能够看见你跪在圣母祭坛前面了。古塞夫斯基和我在基督降临节期间一直穿着紫色的法衣③,可你却连那条别着硕大别针的围巾都没围——这又是一个新花样——早已去世的火车司机曾经穿过的那件经过翻新改做的罩衣已经遮不住衬衣,你的脖子从洁白的衬衣领口直挺挺地伸了出来。

　　基督降临节的第二个星期日和第三个星期日,马尔克都在粗糙的地毯上僵直地跪了很长时间,因为我下午要去拜访他,希望他能信

---

①　基督教节日,自圣诞节前第四个星期日至圣诞节。
②　战争时期专门负责分配日用品和手工业原料的国家管理部门。
③　天主教神职人员在基督降临节以及大斋节期间,一律身穿紫色衣袍,以表示对上帝的忏悔。

守诺言,在家等我。他的眼睛连眨都不眨——或许只是当我在圣坛前忙碌时才眨一下——呆滞的目光越过供奉的蜡烛盯着圣母的肚皮。他的双手形成了一个陡斜的屋顶,举在额头和思想的前面,交叉的拇指没有触到额头。

我想:今天我要去。我要去看看他。我要仔仔细细地看看他。我一定要去。那儿肯定有点什么名堂——再说他也邀请过我。

东街很短,一幢幢独门小院,空荡荡的篱笆靠在粉刷粗糙的山墙上,人行道上均匀地种着一排排树木——菩提树下的木桩一年前就丢光了,尽管它们一直还需要支撑——眼前的景象使我既扫兴又厌倦,尽管我们西街也是这副模样,充斥着同样的味道,弥漫着同样的气息,同样用它那些里里普特①式的花园年复一年地打发岁月。直到今天,每当我离开科尔平之家——这并非常事——到机场和城北公墓之间的施托库姆或洛豪森去看望旧友,必须穿越许多几乎同样令人扫兴和厌倦的居民区街道,挨着一块块门牌、一棵棵菩提树走下去时,我始终感觉自己在朝着马尔克的母亲,朝着马尔克的姨妈,朝着你,伟大的马尔克走去。花园的小门上挂着小铃,抬脚跨过去,只见一簇簇包着稻草的蔷薇在无雪的寒冬中耷拉着脑袋。花坛里没有种花草,而是用完整的和破碎的波罗的海贝壳镶嵌出各色图案。一只家兔大小的陶瓷雨蛙蹲在一块风化的大理石板上,翻起来的泥土

_____

① 里里普特是英国作家斯威夫特小说《格列佛游记》中的小人国国名。

110

环绕着这块石板,有的地方堆了一些酥松或干硬的泥土。园门和屋前的三级缸砖台阶之间有一条狭窄的小路,要把沉思中的我引向那扇赭石色的半圆拱式大门。小路另一侧的花坛中,同雨蛙一般高的石基上立着一根近乎垂直的、约莫一人高的木桩,上面挂着一个好像山区牧场小屋似的鸟笼:我在两块花坛之间走了七八步,笼里的麻雀却只顾专心吃食。人们本来以为,居民区的气味本该与季节的变化相符,或清新,或纯净,或带有沙土味。可是,在当时的战争年代,东街也好,西街也好,熊街也好,不,整个朗富尔区,整个西普鲁士,甚至整个德国,都散发着洋葱味,散发着那种用人造黄油炸过的洋葱味。我不想武断地说,那是煮在饭里的或者刚切开的洋葱的气味。实际上,当时洋葱非常紧张,几乎哪儿都弄不到。因为帝国元帅戈林曾在广播电台里提到洋葱匮乏的状况,于是,利用他的讲话编成的笑料便在朗富尔区、西普鲁士和德国各地流传起来。我现在真该把打字机的外壳涂上一层洋葱汁,让它也像我当初一样体会一下那些年里污染整个德国、西普鲁士、朗富尔区、东街、西街并且祛除了弥漫于各地的尸臭的洋葱味。

我一步跨上三级缸砖台阶,伸手正要握住门把手,门却从里面拉开了。马尔克穿着一双毡鞋站在门里,衬衣的领子翻在外面。看样子他刚刚将中分头梳理了一番。一缕缕色泽既不算光亮也不算灰暗的长发僵直而又均匀地从中缝梳向斜后方,发型保持得很好;然而,当我一小时后准备离开时,他的头发已经披散下来,伴随着他的话音在通红的耳朵上抖动不已。

我们坐在通向后院的起居室里，光线从玻璃阳台射进屋里。点心是按照战争时期的配方制作的土豆饼干，吃起来玫瑰香味很冲，使人不禁想起杏仁糖果的味道。点心的旁边放着自制的糖水李子，味道一般化。这些李子是当年秋天在马尔克家的花园里结的——透过阳台左侧的玻璃窗可以看到一株叶子落光了的李子树，树干上涂了一层白石灰。我坐在指定的椅子上，面对室外，马尔克则背朝阳台，面对着我坐在桌子较窄的一头。马尔克的姨妈坐在我的左边，侧面射进的光线使她那头灰白的鬈发泛着银光；马尔克的母亲坐在光线最充足的右侧，她的头发梳得较紧，所以显得并不怎么发亮。尽管房间里已经烧得很热很热，马尔克的耳轮、耳轮四周的细发以及颤动着的一绺绺长发的发尖还是勾画出了冬日的寒光。他那宽大的翻领的上部白得耀眼，越往下越显得发灰：马尔克的脖子平平地躲在阴影里。

这两个腰身粗大的女人生在乡下，长在乡下，一双手总是不知道放在什么地方好，她们俩你一句我一句地总有说不完的话。即使是在和我打招呼和询问我母亲的身体情况时，她们也始终朝着约阿希姆·马尔克。她们通过担任翻译的他向我表示哀悼："唉，想不到你兄弟克劳斯也留在那边了。我们和他虽然只是见过面，可也知道他是个好小伙子。"

马尔克语气和缓而又坚定不移地控制着话题。过分涉及个人隐私的问题——在我父亲从希腊寄回战地军邮的那段时间里，我母亲和一些军人关系暧昧——诸如这一类问题,马尔克总要设法干涉:"算了吧,姨妈。在这种乱哄哄的年代,谁愿意来断天下的案子呀。妈妈,这事与你同样毫不相干。要是爸爸还健在,他的脸准没地方搁,而且绝不会允许你这样议论别人。"

两个女人顺从了他,或者说顺从了那个死去的火车司机,因为每当姨妈和母亲多嘴多舌的时候,他就会委婉地提起他,让她们在亡灵面前保持安静。在聊起前线形势的时候——她们俩搞不清哪里是俄国战场,哪里是北非战场,竟然把阿拉曼①和亚速海②混为一谈——马尔克总是用平和的语调解释正确的地理方位,从来也不发火:"不,姨妈,这场海战发生在瓜达尔卡纳尔岛③,不是在卡累利阿④。"

然而,由他姨妈开的这个头倒引得我们对所有参加瓜达尔卡纳尔岛海战以及在战斗中被击沉的美国和日本的航空母舰发生了浓厚的兴趣。马尔克认为,一九三九年开始建造的"大黄蜂"号和"马蜂"号是与"巡逻兵"号吨位相近的两艘航空母舰,它们现在恐怕已在服役,并且参加了这次战斗,因为不是"萨拉托加"号就是"勒星顿"号,或许两艘一起从舰队名册上被抹去了。关于日本的

---

① 埃及北部城镇。1942 年,隆美尔的非洲军团在此受到英军的阻遏。
② 苏联欧洲部分边海,1941 年至 1942 年,苏德军队曾在克里米亚半岛进行了激烈战斗。
③ 西南太平洋岛国,所罗门群岛最大的岛屿。1942 年至 1943 年,日军在此受到美军的沉重打击。
④ 指位于芬兰湾和苏联拉多加湖之间的西卡累利阿地区。苏芬战争和第二次世界大战期间此地曾被长期争夺。

两艘最大的航空母舰"赤木"号和航速很慢的"加贺"号,我们所知甚少。马尔克提出一条大胆的设想。他说,今后的海战只是航空母舰的事,因为从今天的眼光来看制造战列舰不太划算,假如将来再一次爆发战争,最有前途的是速度很快的轻型舰艇和航空母舰。他又补充了一些细节,使两个女人大为吃惊。当马尔克一连串地报出许多意大利轻巡洋舰的舰名时,他的姨妈兴奋得如同少女一样,用那双干瘦的大手使劲鼓起掌来。待掌声落下,房间里又寂静如初,她尴尬地挠了挠头发。

没有人提到霍尔斯特·韦塞尔中学。我还记得,马尔克在站起身的时候笑嘻嘻地提起了他的渊源久远的脖子的历史,这是他自己的说法——他母亲和姨妈也跟着笑了起来——而且还叙述了当初的猫的童话:这一回是于尔根·库普卡把那个畜生按在他的脖子上的。我真想知道究竟是谁编造了这个童话。是他?是我?还是在这里摇笔杆的人?

我清楚地记得:当我准备和这两个女人告别时,他母亲塞给我两块包在纸里的土豆饼干。在走廊里,靠在通往阁楼的梯子旁边,马尔克指给我看了一帧挂在放刷子的小口袋旁边的照片。一辆隶属于前波兰铁路局的、挂着煤水车厢的、相当现代化的机车——上面有两处出现PKP①的标志——占满了照片的整个横面。机车的前面站着两个两臂交叉的男人,虽然个头不高,但却威风凛凛。伟大的马尔克

---

① 波兰铁路局的波兰文缩写。

说:"这是我父亲和司炉拉布达一九三四年在迪尔绍①附近遇难前不久拍的照片。由于我父亲避免了一场恶性事故,他死后被追授了一枚奖章。"

———————————

① 波兰城镇,位于但泽东南约三十公里处。

第 十 章

新年①伊始,我原打算开始上小提琴课——我哥哥留下了一把小提琴——然而我们却被编入了防空服务团②。尽管阿尔班神甫至今还劲头十足地劝我去学小提琴,可如今显然已为时太晚。他还常常鼓励我写出猫与鼠的故事:"亲爱的皮伦茨,您静心坐下,放心写吧。从您第一批具有卡夫卡风格的诗作和短篇故事来看,您的文笔还是别具匠心的:无论操琴练艺还是执笔创作,上帝经过深思熟虑定会赋予您足够的天分。"

我们被海滨炮兵连接收下来,住进了布勒森—格莱特考炮兵训练营地。营地前面是沙丘、随风摇曳的燕麦和一条砾石铺成的小路。我们住的棚屋弥漫着焦油、臭袜子和大叶藻床垫的气味。谈起防空服务员,即穿军装的中学生的日常生活,总有说不完的故事。他们每天上午听白发苍苍的老师用通常流行的方法讲课,下午背诵炮手的操作口令和弹体的运动秘诀。然而,这里要讲的既不是我的故事,也

---

① 指 1943 年。
② 战时为防空炮兵阵地服务的学生组织。

116

不是霍滕·索恩塔克幼稚可笑的故事,更不是关于席林的乏味透顶的故事——这里要讲的只能是你;约阿希姆·马尔克从未当过防空服务员。

同时在布勒森—格莱特考海滨炮兵营地受训的还有霍尔斯特·韦塞尔中学的学生。他们无意中为我们提供了新的素材,但却并未同我们就猫与鼠的话题展开进一步的交谈。"圣诞节一过,他就应征加入了青年义务劳动军①。学校为他提前办理了毕业证书,其实,他对考试从来就没犯过愁。他要比我们老练多了。据说,他们那支分队驻扎在图赫尔荒原②,恐怕是在挖泥炭吧。那儿一定发生了不少事儿,游击队出没的地方嘛。"

二月,我去奥利瓦区的空军野战医院探望埃施,他因锁骨骨折住进了医院。他想吸烟,我给他带了一些;他则回敬给我又黏又稠的利口酒。我在医院没待多久。在去开往格莱特考的有轨电车总站的路上,我绕道去了一趟宫廷花园,想瞧瞧那些奇妙而古老的回音岩洞是否还在。它们依然如故。正在养伤的山地步兵正和女护士们进行实地试验:他们趴在多孔的山石两侧悄悄地说,哧哧地笑。我找不到任何人一起说说悄悄话,只好心情忧郁地走上一条两边长满树木的小路。密密匝匝的枝杈布满小路的上方,使其显得有些像隧道一般;树上没有叶子,也看不见鸟儿。小路从宫廷池塘和回音岩洞径直通向

---

① 德国纳粹当局要求十八岁至二十五岁的青年参加为期半年的义务劳动,这批青年被称为青年义务劳动军。
② 图赫尔荒原位于但泽西南九十公里处。战争初期,这里曾是波兰抵抗组织频繁活动的地区。

措波特大道。它的前方越来越窄，简直令人担忧。两个女护士朝我迎面走来，身后领着一个乐呵呵的瘸腿少尉。接着过来两位老奶奶和一个约莫三岁的男孩①；小男孩不愿与老奶奶们啰嗦，胸前挂着一只儿童玩具鼓，但是却并未敲它。最后，在灰蒙蒙、光秃秃的树杈隧道尽头出现了一个身影，而且越来越大：我碰上了马尔克。

不期而遇使我们双方都很尴尬。在这条树杈乱蓬蓬地伸向天空、没有岔道儿可寻的花园小径上面对面地走近，不禁使人产生一种庄严得令人感到压抑的心情。那位法国园林建筑师的命运和洛可可艺术想象力把我们引向一处——直到今天，我一直回避那些根据善良的老勒诺特尔②的想法设计的、找不到出口的宫廷花园。

当然，我们立即就找到了话题。说话时，我一直盯着他的帽子。马尔克戴的是和其他人一样的青年义务劳动军制服帽。这种帽子实在丑得出奇：帽顶不成比例地高高耸立在帽檐上，通体都是那种风干的排泄物的颜色，虽然帽顶凹处的形状同礼帽相似，但两处隆起的地方靠得太近，以至于挤出一道有弹性的褶子，无怪乎青年义务劳动军的制服帽得到了一个雅号：带把手的屁股。这种帽子扣在马尔克的脑袋上显得尤其滑稽。尽管他参加青年义务劳动军之后不得不放弃留中分头，但他头上的分道却因此提高了一截子。我们俩好似剥去了通身之物，面对面地站在荆棘丛中。那个小淘气这会儿咚咚咚地

---

① 指《铁皮鼓》中的奥斯卡·马策拉特。
② 勒诺特尔（1613—1700），法国园林建筑师，曾设计了凡尔赛、圣日耳曼和枫丹白露的园林。

敲着儿童铁皮鼓转了回来——老奶奶不见了——他绕着我们走了一个很有魅力的弧形,然后随着重重的鼓点走向林荫小径的尽头。

在我们仓促分手之前,我还向他问了一些诸如图赫尔荒原的游击战、青年义务劳动军的伙食、他们附近是否驻扎着少女义务劳动军等情况,马尔克只是漫不经心地回答了几句。我还想知道,他来奥利瓦区干什么,是不是已去看过古塞夫斯基司铎。他告诉我,他们那里的伙食还算说得过去,但没有听说附近有少女义务劳动军。他认为关于游击战的传说吹得有些过分,但也绝非捕风捉影。这次他是受中尉分队长的委派来奥利瓦区搞一些配件,出两天公差。"今天的晨祷结束之后,我和古塞夫斯基谈了几句。"他做了一个表明心情不愉快的手势,继续说,"他还是老样子,随他去吧!"我们开始移动脚步,两人之间的距离越来越大。

不,我没有回头看他。不相信吗?但是,"马尔克没有回头看我"这句话倒是毋庸置疑的。我的的确确曾经多次回头张望,因为再也没有人迎面走来,使我得到帮助,就连那个咚咚咚地敲着玩具鼓的小淘气也不知上哪儿去了。

后来,我有好长时间没有见到你,推算一下总有一年多吧。不过,无论当时还是现在,没有见到你绝不意味着我会忘记你和你所努力争取的对称性。再说,也总有一些与你有关的痕迹:倘若我看到一只猫,无论它是灰的、黑的还是花的,我眼前立即又会出现那只老鼠。然而,我一直犹豫不决,拿不定主意应该去保护这只小老鼠呢,还是唆使那只猫去捉老鼠。

我们在海滨炮兵连一直住到夏天,经常没完没了地比赛手球。在家属前来探望的星期日,我们和常来的那几个姑娘以及她们的姐妹们在海边沙丘的草丛里或老练或笨拙地滚来滚去。我每次总是一无所获,直到今天我还是没有去掉这种优柔寡断、自惭形秽的弱点。还有什么事呢?分发薄荷卷糖,进行性病常识教育,上午讲授《赫尔曼与多罗特娅》①,下午操练98式卡宾枪②,书信往来,四味果酱,歌咏比赛……我们还在工作之余游到我们的沉船上去,在那里经常可以遇到一伙一伙逐渐长大了的低年级男生。我们之间少不了闹点矛盾。在往回游的时候,我们怎么也弄不明白,究竟是什么使我们整整三个夏天都迷恋着那条布满鸟粪的破船。后来,我们被安排到佩隆肯区的八十八毫米高射炮连,不久又调往齐同肯贝格区炮兵连。当时曾经有过三四次空袭警报,我们连还打下了一架四引擎轰炸机。然而,从连部文书室开始,一连几个星期都有人坚持说敌机是碰巧击中的——此间,我们继续吃卷糖,讨论《赫尔曼与多罗特娅》,练习如何行军礼。

霍滕·索恩塔克和埃施比我早加入青年义务劳动军,他们俩都是自愿报的名。我在加入哪个兵种的问题上始终犹豫不决,因而耽误了报名。一九四四年二月,我和班里的大多数同学一道在临时教室里参加了相当正规的毕业考试,此后很快就收到了参加青年义务劳动军的通知。我这时已经离开了防空服务团,并有整整两个星期

---

① 《赫尔曼与多罗特娅》(1798)是歌德的一部爱情长诗。
② 98式卡宾枪,一种的自动退壳和连续射击的步枪。

的空闲。我想在中学毕业证书之外再做笔别的什么交易，找人吊吊膀子。自然首先是去找图拉·波克里弗克，她已经十六七岁，只要是男的，她几乎来者不拒。但是，我运气不佳，甚至就连霍滕·索恩塔克的妹妹也没弄到手。我怀着颓丧的心情——一个表妹的来信使之略有缓和，她们家因遭飞机轰炸迁居西里西亚——到古塞夫斯基司铎那里辞行，并且答应从前线休假回来时为他辅弥撒。临别之前，他送给我一本新版《绍特》①和一尊小巧玲珑的铜质耶稣受难像——赠给信奉天主教的应征者的特制品。在回家的路上，我在熊街和东街的交叉路口碰上了马尔克的姨妈。她在大街上总是戴着一副镜片很厚的眼镜，谁也甭想躲过她的眼睛。

没等我们互相问候，她就像乡下人似的天南海北、喋喋不休地唠叨开了。倘若有行人走近，她就抓住我的肩膀，将嘴巴凑近我的一只耳朵。热烈的话语伴随着柔风细雨。她开始谈的净是些无关紧要的事，譬如采购经历："从前凭证供应的东西，如今也买不到了。"我从她那里得知：洋葱又缺货了，在马策拉特那里还能搞到红糖和大麦楂儿②，奥尔魏肉铺还有一些油炸猪肉罐头——"全是纯猪肉的"。虽然我并未提示一个字，她最后还是言归正传了："这孩子现在挺不错。他虽然在信里没有这么写过，但也从未抱怨过什么。他简直就跟他爹也就是我的那个妹夫一模一样。他现在到了坦克兵部队，在

---

① 绍特(1843—1896)，德国天主教本笃会修士，曾编撰了一本流传很广的《天主教弥撒书》，俗称《绍特》。
② 在小说《铁皮鼓》中，马策拉特家曾干过贩卖殖民地出产的农副产品的行当。

121

那儿可比当步兵活络多了，就是刮风下雨也不打紧。"

她的低声细语钻进我的耳朵。我得知了马尔克的新发明——他像小学生似的在每一封寄自前线的书信签名下面乱涂了一些图画。

"他小时候从来就没画过画，进了学校才学了点水彩画。我口袋里装着他最近的一封来信，这不，都被揉皱了。您知道吗？皮伦茨先生，好多人都惦记着他呢。"

马尔克的姨妈说着便将马尔克从前线写来的那封信塞给了我："您读读吧。"可是，我没有读。信纸捏在我没有戴手套的手指之间。从马克斯·哈尔伯广场刮过来一股旋风，呼号不止，势不可挡。我的心顿时像鞋跟跺地一样狂跳起来，简直都能将门踹开。七个兄弟①纷纷在我心里开了腔，但没有一个愿意把说的话记下来。虽然雪花飞扬，而且那张灰褐色的信纸质地很差，但信的字迹却清晰可辨。坦白地说，我当时立刻就明白了是怎么回事，可我只是两眼直愣愣地出神，并不想去看看信里到底写了些什么。没等我将那张沙沙作响的信纸拿到眼前，我就已经知道马尔克又在大显身手了：在整洁的聚特林字体②下面，歪七扭八的线条组成了一幅素描。十三四个不同大小、扁扁平平的圆圈排成一行，因缺少底线显得不太整齐；每个圆圈上面有一个乳房似的鼓包，从鼓包又伸出一根约有拇指指甲长短的小棍，耸立在圆圈上方并向信纸的左

---

① 隐指格林兄弟的童话《七只乌鸦》。七个兄弟全部变成了乌鸦，他们的小妹妹走遍天下，终于在神奇的水晶山将他们救了出来。
② 聚特林字体是德国版画家聚特林（1865—1917）发明的一种书写字体，自1915年起在德语国家中小学教习。

上角扬起。这些坦克——尽管这些素描十分拙劣，我还是一眼就认出这是苏式 T34 型坦克①——差不多都在炮塔和车体之间有一个小小的标记：标明中弹部位的小叉儿。画者考虑到在看这幅素描的人当中恐怕会有一些反应迟钝者，因此还在这十四辆——总数大概如此——用铅笔绘制的 T34 型坦克上，又用蓝色铅笔醒目地打上了超出坦克尺寸的大叉儿。

我自鸣得意地告诉马尔克的姨妈，信上画的显然是被约阿希姆击中的坦克。马尔克的姨妈听罢丝毫也不显得吃惊，大概已经有不少人告诉过她了。她感到不明白的是，坦克的数目为何时多时少，有一封信里只画了八辆坦克，而在前一封信里竟有二十七辆之多。

"说怪也不怪，眼下邮局送信也总是这样没个准儿。皮伦茨先生，您真该看看我们的约阿希姆写了点什么。他在信里还提到了您，谈到白蜡烛的事——我们现在倒是弄到了一些。"我斜着眼睛迅速浏览了一下那封信：马尔克流露出深深的关切之情，探问了母亲和姨妈的身体情况，特别问到静脉曲张和腰背疼痛——信的内容大都涉及这两个女人。他还想了解一下花园的情况："那棵李子树今年还是结了那么多吗？我的仙人掌长势如何？"关于他自认为紧张而又责任重大的公务，信中仅提到很少几句："我们当然也有损失，但是圣母玛利亚会永远保佑我的。"接着，他委托母亲和姨妈代他请求古

---

① T34 型坦克，苏军在第二次世界大战中主要使用的一种坦克。

塞夫斯基司铎在圣母祭坛前供上一根或者——假如可能的话——两根蜡烛："也许皮伦茨能搞到，他们家有配给证。"他还请求她们向圣母玛利亚的二等亲侄、圣犹大·达太①——马尔克十分熟悉神圣家庭的谱系——祈祷，并为他不幸故去的父亲做一次弥撒，"他没有涂抹圣油就离开了我们"。在信的最后他又提到一些琐事，其中描写地方风情的文字实在平淡无味："你们很难想象这里的一切是多么糟糕。大人和孩子贫穷可怜。没有电灯，没有自来水。有时人们不禁要问战争的意义究竟何在——然而，一切也许只能如此。如果你们有兴致，又赶上好天气的话，不妨乘电车去一趟布勒森——一定得穿暖和些——你们看看，在海港入口的左侧，距离岸边不太远的地方是不是还能望到一条沉船的舰桥。以前那儿曾躺着一条沉船，用肉眼就可以看见。姨妈不是有一副眼镜吗？我真想知道，它是不是还……"

我对马尔克的姨妈说："您根本用不着去，那条沉船一直还躺在老地方。您要是再给约阿希姆去信，请代我向他问好。让他放心，这里一切如故，沉船不会轻易就被人偷走的。"

纵然席绍造船厂把它偷走了，换句话说，即使这家造船厂将它打捞上来，当作废铁处理或者翻修更新，难道你就算得救了吗？难道你就会停止在前线来信上像孩子似的画出苏式坦克，再用蓝色铅笔打

---

① 圣犹大·达太，耶稣的十二使徒之一，与出卖耶稣的加略人犹太不是同一个人。

上又吗？谁会把圣母玛利亚当作废品处理掉呢？谁又会施展魔法，将那所历史悠久的完全中学变成鸟食呢？猫与鼠的故事将如何延续？世上的故事会不会有个结束？

第 十 一 章

马尔克涂画的东西一直在我的眼前晃动。我又在家里待了三四天。我母亲和托特集团①的一个营建主任旧情不断——也许她还要继续为那个患有胃病的施蒂威中尉提供那种使他如此忠诚的无盐食物——任何一位先生来到我家都无拘无束,脚上趿拉着我父亲那双穿坏了的拖鞋,丝毫也不理会它所象征的意义。母亲怀着愿亡者永享极乐的恬适心情,穿着丧服手脚麻利地从一个房间跑到另一个房间;她不仅穿着这套合身的黑色丧服上街,而且还以这身打扮穿梭于厨房和起居室之间。为了纪念我那阵亡的哥哥,她在食品柜上像布置祭坛似的放了一些祭品。头一样是哥哥当下士时的免冠证件照片,经过放大,他的形象已经模糊难辨;其次是两张镶在黑边镜框里的讣告,它们分别剪自《前哨报》②和《每日新闻》③;第三样是一扎用黑色丝带系在一起的前线来信,这扎信件连同压在上面的第四样祭

---

① 托特(1891—1942),德国纳粹政治家和建筑师。他创立和领导的"托特集团"承包了德国本土以及占领区的许多重要的军用和民用建设项目。
② 《前哨报》,但泽出版的纳粹地方党报。
③ 《每日新闻》,全称《但泽每日新闻》,但泽地方日报。

品——一枚二级铁十字勋章和一枚克里米亚战役纪念章——一起摆
在镜框的左侧;第五样是哥哥的小提琴和琴弓以及压在下面、写得密
密麻麻的乐谱——他曾经多次潜心练习小提琴奏鸣曲——它们放在
镜框的右侧,与那扎信件构成了均势。

我几乎不认识我的哥哥克劳斯,如果说我现在偶尔还会想起他
的话,那么我当初对食品柜上的祭坛则更多是心怀妒忌。我总想象
着自己的放大照片也镶进了黑边镜框。每当我独自待在客厅时,哥
哥的祭坛总让人百看不厌。我常常怀着委屈的心情啃自己的指甲。

一天上午,那个中尉躺在沙发上,双手捂着胃部,我母亲在厨房
忙着无盐的燕麦糊,这时,我的右手不知不觉地攥成了拳头,差一点
毫不含糊地将照片、讣告甚至那把提琴砸个稀烂。那天正巧是我出
发去青年义务劳动军的日子,这样就避免了一场直到今天和今后若
干年中都随时可能发生的壮举:它的导演是库班河畔的阵亡者、站在
食品柜旁的母亲和我——一个十足的优柔寡断的人。我拎起我的人
造革皮箱上了路,途经贝伦特,来到了科尼茨。在三个月的时间里,
我有机会充分认识一下位于奥舍和雷兹之间的图赫尔荒原。户外飞
沙走石。这里是昆虫爱好者的春天。欧洲刺柏随风摇曳。我们的主
要活动是钻灌木丛和确定射击目标:左边第四棵小松树后面插着两
个"纸板兄弟"①,它们是射击的对象。白桦树的上空飘着美丽的白
云,蝴蝶翩翩起舞,不知飞往何方。沼泽地里有一些乌黑贼亮的圆形

---

① "纸板兄弟",士兵对枪靶的谑称。

水洼，用手榴弹可以炸到鲫鱼和鲤鱼。大自然里充满着火药味。图赫尔也有电影院。

暂且撇开白桦树、白云和鲫鱼，先来说说青年义务劳动军的这支分队吧。我们的临时木板房宿舍掩映在一片树林之中，前边矗立着一根旗杆，周围是几排防弹壕，木板搭的教室旁边有一间茅房。我之所以像讲解沙盘一样介绍地形，是因为在我来此之前一年——那时温特尔、于尔根·库普卡和班泽默尔还没来这儿——伟大的马尔克便在这片临时木板房宿舍区穿上了斜纹布劳动服和大头皮靴，并且在茅房里留下了他的大名。这是一个用木板隔开、没有顶盖的茅房。几棵奇形怪状的松树在上方沙沙作响，四周长满了金雀花。在磨得发亮的支撑梁对面的松木板上刻着——准确地说是用指甲抠出来的——那个由两个音节组成的姓①，下面是一行漂亮的拉丁文，字母全都没有曲线，很像鲁内文②。这是他最喜欢的一首赞美诗的开头："母亲两眼噙泪站在③……"方济各会修士雅各波内·达·托迪④倘若再生，恐怕会为之深深感动的。在青年义务劳动军里我仍然无法摆脱马尔克。每当我需要减轻负担时——在我的身后和身下堆满了我的同龄人排泄的孳生无数蛆虫的东西——你便在我的眼前活动起

---

① 即马尔克。
② 鲁内文是日耳曼民族最古老的文字，形成于公元前一世纪至公元一世纪之间。因受刻写技术限制，字母没有曲线笔画，全呈直线或拐角，与楔形文字颇为相似。
③ 原文是拉丁文。
④ 雅各波内·达·托迪（1230—1306），意大利诗人，一般认为赞美诗《母亲两眼噙泪》出自他的手笔。

来:任凭我吹口哨,想别的事情,那一个个吃力地抠出来的字母还是一遍又一遍大声地提醒我想起马尔克和圣母玛利亚。

我十分清楚,马尔克并不想开玩笑,他也不会开玩笑,尽管他曾经试过几次。他的一举一动、一言一行都使人感到庄严肃穆,意味深长,好似要为后人留下一座纪念碑。例如,他在奥舍和雷兹之间的青年义务劳动军北图赫尔分队的茅房里的松木板上抠出了一行楔形文字。茅房的木头隔板上从上到下刻写和涂抹了许多滑稽程度参差不齐、乌七八糟的淫词秽语,使这里的气氛大为活跃。然而,无论是酒足饭饱之后的格言警句,还是香诗艳词和粗俗变形的解剖图,统统敌不过马尔克的文字。

由于马尔克恰到好处地在最隐蔽的地方摘录了那段文字,我当时差点潜移默化地变得虔诚起来。假如真能那样,我现在就不必快快不乐地去科尔平之家参加一项报酬不高的救济工作,不会希冀着在拿撒勒①发现早期共产主义,在乌克兰的集体农庄发现晚期基督教;我将彻底摆脱与阿尔班神甫的彻夜长谈,再也不去研究祈祷在多大程度上能够弥补亵渎神灵的行为;我会信教,笃信任何一种学说,例如,人的肉体的复活。但是,当我被派到分队伙房劈柴时,我却用斧头把马尔克喜欢的那首赞美诗从松木板上砍了下来。你的名字也随之烟消云散。

---

① 拿撒勒,以色列北部历史名城,为耶稣童年时期的活动地,也是他第一次行神迹(在迦拿变水为酒)的出发地点。

古老的童话传说带有一些无法消除的痕迹,具有一种骇人的、道德的、超自然的力量。因此,毛毛糙糙的、露出新鲜木质纤维的地方要比先前抠出来的文字更富于表现力。你的标志一定也随着砍下来的木屑增加了无数倍,在这支分队,在伙房、盥洗室和更衣室流传着各式各样的故事。到了星期日,当大家无聊到开始数苍蝇时,故事讲得尤为起劲。这些故事讲的都是一个名叫马尔克的义务劳动军战士,他想必是偷了什么要紧的东西,于是在一年前来到北图赫尔分队服役。主要情节总是那么一套,但细枝末节却不断翻新。炊事长、服装管理员和两名卡车司机是这里的元老,多次调动都没轮到他们头上。关于马尔克,他们讲得大同小异:"他刚到那会儿是那么一副模样,头发一直长到这儿。理发员只好先给他剪。可是仍然无济于事:一对招风耳就像两个大漏勺,还有他那个喉结,嗬,真够可以的!另外,他还有一个——那可是他身上最够味儿的玩意儿。当时,我这个当服装管理员的奉命把这伙姗姗来迟的新兵送到图赫尔灭虱站①。当他们全部站到莲蓬头下面时,我无意中望了一眼,先没看真切,再定睛一看,不禁对自己暗暗说道,你可千万不要妒忌啊。悄悄告诉你们吧,他的小尾巴就像一根鞭子,要是来了劲儿可不是好对付的。至少他把分队长的老婆,也就是那个四十岁出头、骚劲十足的女人从前到后地折腾了一通。这件事全都是因为分队长这头蠢驴——他后来被派到法国去了,是个爱吹牛皮的家伙——让马尔克到他家去盖兔

---

① 战争初期,德军的一些兵站和战俘营均设有灭虱站。

130

笼引起的,就是青年义务劳动军'元首住宅区'①从左边数第二栋房子。听说,马尔克起初说什么也不肯,但他没有粗鲁无礼,而是既平静又客观地援引了工作守则的有关规定。尽管如此,他还是被分队长亲自……他吓得屁滚尿流,然后不得不去茅房干了两天:分离蜂蜜②。大伙儿都不让他进盥洗间,我就用浇花的长橡皮管站得远远地对着他喷水。最后他终于做了让步,带着工具和几块木板上那儿去了。他可决不是冲着小白兔去的!那老娘儿们这一下当然上了瘾,连着一个星期让马尔克在她的花园里干活。马尔克一到早晨就哆哆嗦嗦地前去领命,直到晚上点名才回来。那个兔笼搭了又拆,拆了又搭,分队长大概有些犯疑。我也不知道那老娘儿们又一次仰面朝天时——或在地板上,或在餐桌上,就像爸爸和妈妈在家里的弹簧床上那样——是否让丈夫给逮住过。反正当他看到马尔克那杆大枪时,顿时惊讶得目瞪口呆了。他在分队里从未动过肝火,这是他的本事。后来,他经常把马尔克支使到奥利瓦区和奥克斯霍夫特③去领配件,好让这头公牛远离这支分队。因为那个老娘儿们可惦记着马尔克呢,绝不能让他们俩再玩那套把戏。直到今天,从分队文书室还传出他们俩互相通信的谣言。后来的名堂就更多了,这可不是谁都能料到的。有一次,还是这个马尔克——我当时也在场——在大比

---

① "元首"一词在第三帝国期间专指希特勒。此处借以嘲弄青年义务劳动军的干部。
② 士兵们将打扫厕所戏称为"分离蜂蜜"。
③ 格丁根北部小镇,是当时一个重要的军事要塞。

斯拉夫①独自一人发现了游击队的一个地下储藏室。这也是一个非常精彩的故事。说起来,那个水塘同这儿常见的一样,毫无特别之处。当时,我们正在那个地区执行一次半演习半实战性的任务。我们在那个水塘旁边埋伏了近半个小时,马尔克目不转睛地盯着水塘,说了一声,稍等一下,这儿有点不太对头。我们那位少尉,他叫什么来着? 反正他当时冷笑了几声,我们也觉得很好笑,谁也没去管他。马尔克立即扒掉那身破衣服,跳进了水塘。你们猜怎么着? 他第四次下去时,在那黄褐色的泥汤中间不到五十厘米深的地方,找到了一个十分现代化的地下仓库的入口,而且备有可以自由升降的液压装卸设备。我们装了满满四卡车。这一下分队长不得不集合分队全体人员,当众嘉奖了马尔克。分队长甚至给他颁发了一枚勋章,尽管他和那个老娘儿们私通。后来,他被派去服兵役,到了那儿以后,他提出要上坦克。”

起初,我从不多嘴多音。每次谈起马尔克,温特尔、于尔根·库普卡和班泽默尔也不大吭声。在打饭或者外出演习时,我们总要经过“元首住宅区”,当发现左边第二栋房子前面仍然没有兔笼时,我们四个人总是匆匆互望一眼。或许在碧绿的、随风摇曳的草丛里正潜伏着一只猫。我们通过意味深长的目光相互理解,结成为一个秘密小组,尽管我同温特尔和库普卡的关系并不怎么样,同班泽默尔更是没什么交情。

---

① 图赫尔荒原南部的小镇。

在离开青年义务劳动军之前的四个星期里，我们连续多次开出去打游击队，但是从未抓到任何人，当然也没有伤亡。在这段叫我们疲于奔命的时间里，又出现了新的传闻。最先从分队文书室放出风声的，是那个给马尔克发制服并领他去灭虱站的服装管理员："第一，马尔克又给前分队长的老婆写了一封信，信被转寄到法国去了；第二，上级下达了一项调查任务，目前正在办理之中；第三，告诉你们吧，马尔克从一开始起就颇有能耐，不过，时间如此之短真令人吃惊！要是他还没当上军官，他恐怕又会闹起喉咙痛的毛病了。眼下，所有没有军衔的士兵可能都有喉咙痛的毛病。他恐怕是最早开始闹的一个。如果我来对他作一番介绍，首先得提到那对大耳朵……"

我终于管不住自己的嘴了，温特尔在我之后也开了声；于尔根·库普卡和班泽默尔同样不甘寂寞，卖弄起了他们知道的事情。

"喂，你知道吗，我们早就认识马尔克。"

"上中学那会儿我们就在一块儿。"

"他不满十四岁就闹了喉咙痛。"

"对了，海军上尉的那个玩意儿是怎么回事？ 他是趁着上体操课把它连同带子一道从挂衣钩上偷走的吧？ 这可是一个……"

"没有的事，咱们还是先说说那台留声机吧。"

"还有那些罐头呢？ 难道这不重要吗？ 他最初总是在脖子上吊着一把改锥……"

"等一下！ 要是你想从头开始，那还得先从海因里希·埃勒斯运动场上的棒球比赛谈起。事情是这样的：我们无所事事地躺在草地上,马尔克打起了盹儿。这时,一只灰猫穿过草地,径直朝马尔克的脖子走来。这只猫盯着他的脖子,心想,那个一蹿一蹿的东西是一只老鼠……"

"小子,别胡扯了,是皮伦茨抓起那只猫,把它……或者?"

两天之后,我们得到了正式消息。那天早晨列队,分队接到一份通报:曾在北图赫尔分队服役的一名青年义务劳动军战士,先是作为坦克射手,继而升为下士和坦克炮长,在多次攻打战略要地的战斗中击毁了××辆苏军坦克。此外,他还有这样和那样的战绩。

我们已经开始上交旧制服,据说,前来替换的人不久就到。这时,母亲给我寄来了一条从《前哨报》上剪下的新闻,上面用印刷字体印着:本市某公民的儿子先是作为坦克射手、继而作为坦克炮长在无数次战斗中取得了如何如何的战绩。

第 十 二 章

卵石,黄沙,微光闪烁的沼泽地,杂乱横生的灌木丛,歪歪倒倒的小松树,水潭,手榴弹,鲫鱼,白桦树上空的浮云,金雀花后面的游击队员,遍地的欧洲刺柏,好心的老隆斯——那里是他的家乡——以及图赫尔的电影院,这一切统统留在了那里。我随身只带走了那只外表酷似皮革的纸板箱和一束早已枯萎的杜鹃花。当列车开过卡尔特豪斯①之后,我把枯花抛到两根铁轨之间。在返城途中,在每个郊区小站,在但泽总站,在售票窗前,在熙熙攘攘的休假官兵当中,在前线调配处②的门前,在开往朗富尔区的电车里,我都执迷不悟地寻找约阿希姆·马尔克。穿着又瘦又小的便服——以前的学生装——我感到十分狼狈。我没有立刻回家——家里还会有什么在等待着我呢?——在离我们学校不远的体育馆站下了车。

我把纸板箱交给学校公务员,也没向他问什么,因为我对这里的一切都十分熟悉。我一步三级地匆匆登上了宽大的花岗岩楼梯。

---

① 但泽以西三十公里处的小镇。

② 战时专门负责接待休假官兵和调配从前线溃散下来的士兵的机构。

不，我绝不是希望在礼堂里逮住他。礼堂的两扇大门敞开着，里面只有几个清洁女工。她们将长凳弄得乱七八糟，用肥皂水把它们擦洗干净，大概是又有什么人物即将光临。我转身拥向左侧，迎面是一排粗大的花岗岩石柱，脑袋发热的人不妨用它来冷却一下。两次大战阵亡将士的大理石纪念碑占去了好大一块地方。壁龛里摆着一尊莱辛雕像。学生们都在上课，教室门前的走廊里空无一人。一个长着两条细腿的三年级学生，夹着一张卷着的地图穿过这个空气污浊的八角空间。三(1)班——三(2)班——绘画室——五(1)班——摆着哺乳动物模型的玻璃柜——现在放在里面的是什么呢？当然是一只猫。那么，老鼠又在什么地方瑟瑟发抖呢？我走过会议室，来到走廊的尽头。在教务处和校长办公室之间，伟大的马尔克背朝明亮的窗口站着，他的老鼠不见了，因为在他的脖子前面出现了一件特殊的东西：那玩意儿，磁铁，洋葱的对立物，电镀的四叶苜蓿，好心的老申克尔设计的怪物，糖块，装置，那么一个我不好说出来的东西。

那么老鼠呢？它在睡觉——六月里的冬眠。它在厚厚的被子下面打盹儿，因为马尔克发福了。并不是某个人、某位作家或者命运将它扼杀或取消的，就像拉辛刮掉了族徽上的老鼠而只留下天鹅那样①。那只小老鼠始终都是族徽动物。当马尔克吞咽的时候，它也

---

① 让·拉辛(1639—1699)，法国诗人和古典主义悲剧作家。格拉斯曾写过一首小诗讽刺拉辛的创作原则，大意是拉辛的族徽上原有一只天鹅和一只老鼠，它们为他带来灵感。天鹅安分、恬静，老鼠顽皮、好动。一天，拉辛正在写诗，老鼠向正在睡觉的天鹅发起进攻，它们的声音破坏了他的创作灵感，于是拉辛把老鼠从族徽上刮去。此后，拉辛虽然与天鹅和睦相处，却再也写不出传世之作。

会在梦中活跃起来;因为无论他们用多少勋章来装扮伟大的马尔克,他总是要做吞咽动作的。

他的外表如何呢?多次战斗使得他略微发福,增加了差不多两张吸墨水纸的厚度。你坐在漆成白色的窗台上,身体倚着窗框。像所有在坦克部队服役的人一样,你穿着一件怪里怪气的迷彩服,上面那一块块黑色和军灰色不禁使人想到绿林好汉。灰色的马裤盖住了擦得油光锃亮的大头皮靴的靴筒。黑色紧身坦克服在你的腋下起了几道褶子——因为你两手叉腰,双臂像一对门把手似的——尽管你增加了几磅体重,它却使你显得仍然很瘦削。紧身坦克服上没别勋章。你获得了两枚铁十字勋章和别的什么奖章,反正不是负伤荣誉奖章之类:在圣母玛利亚的保佑下,你刀枪不入。胸前没有任何饰物,以免转移人们对那新奇玩意儿的注意。那条破皮带约有巴掌那么宽,马马虎虎地擦过油,紧束在腰间,又短又小的坦克服因此又被戏称为猴儿衫。破皮带和挂得十分靠后、差不多已经歪到屁股上的手枪,毫不客气地威胁着你苦苦赢得的地位;灰色的军帽端端正正地戴在头上,而不是像从前和现在广为流行并且颇受欢迎的那样歪向右边。帽子上的那条直角褶痕使我想起你对对称性的追求,它还使我联想到你在做学生和潜水的那些年里留的中分头,当时你曾声称要当一名小丑。在人们用一块金属治好你的慢性喉咙痛的毛病前后,你已经不再留救世主式的发型了。那头傻模傻样、约莫一根火柴杆长短的头发已被别人或者你自己剪掉了。那种发型从前曾装扮过新兵,今天则赋予那些叼着烟斗的知识分子一副现代苦行僧的形象。

救世主的神情依然如故:国徽上的雄鹰在戴得端端正正的军帽上展开双翅,犹如一只圣灵之鸽从你的额头腾空飞起。你那怕光的细皮嫩肉。你那肉鼻子上的粉刺。你那布满毛细血管的低垂着的上眼睑。当我以身后玻璃柜里的模型猫为后盾,在你的面前急促地呼吸时,你仍然没有睁大眼睛。

我试着开了第一个玩笑:"你好哇,马尔克下士!"

这玩笑效果不佳。"我等克洛泽。他在上数学课。"

"哦,他会很高兴的。"

"我准备跟他谈谈作报告的事。"

"你到礼堂去过了吗?"

"我的报告已经准备好了。每个字都经过斟酌。"

"看见那些清洁女工了吗? 她们已经在用肥皂水擦板凳了。"

"过一会儿,我要和克洛泽一道瞧瞧,再商量一下主席台上的椅子如何摆法。"

"他会很高兴的。"

"我要努力说服他,只让四年级以上的学生来听报告。"

"克洛泽知道你在这里等着吗?"

"教务处的赫尔欣小姐已经通知过他了。"

"哦,他准会高兴的。"

"我要作一个短小精悍的报告。"

"你可真不简单。快说说看,你是怎样那么快就把这玩意儿弄到手的。"

"亲爱的皮伦茨,不要性急嘛。告诉你吧,我的报告涉及一切与授勋有关的问题。"

"哦,克洛泽准会非常高兴的。"

"我将请求克洛泽,既不要介绍我,也不必说开场白。"

"要马伦勃兰特做点什么吗?"

"学校的工友会通知大家听报告的。"

"对,他一定会……"

铃声回荡在各楼层之间,所有的班级都下课了。这时,马尔克才完全睁开双眼,睫毛又少又短,向外支棱着。他看似漫不经心,其实随时都会一跃而起。我感到背后不太舒服,便朝玻璃柜转过身去:其实,那只猫不是灰色的,而是黑色的;它踮着四只白色的爪子,轻轻地向我们走来,嘴边露出一圈白色的涎水。模型猫的爬行动作看上去倒比活猫更加逼真。玻璃柜里的硬纸卡片上用漂亮的字体写着:家猫。由于铃响之后四周突然静得出奇,也由于那只老鼠的苏醒使这只猫的存在愈加不容忽视,我便朝着窗户说起了一些开心解闷的事。我谈到他的母亲和姨妈,为了给他打气,还谈起他的父亲、他父亲的机车、他父亲在迪尔绍的殉职以及追授给他父亲的那枚勇敢奖章。"真的,要是你父亲还活着,他肯定会高兴的。"

然而,没等我把他父亲的魂灵召来,也没等我把老鼠从猫的身边引开,高级参议教师瓦尔德马尔·克洛泽就带着他那副清亮的嗓子出现在我们之间。克洛泽没有表示祝贺,没有提到下士和那玩意儿的获得者,他也没有说"马尔克先生,我由衷地感到高兴"之类的话,而是先对我的义务劳动军生活和图赫尔荒原的美丽风光——隆斯就是在那里长大的——表示出浓厚的兴趣，随后才附带地让一串经过精心选择的话从马尔克的军帽上轻轻飘过："您瞧，马尔克，您现在到底还是成功了。您已经去过霍尔斯特·韦塞尔中学了吗？该校校长温特博士是我一向敬重的同行，他一定会很高兴的。想必您还准备不失时机地给老同学们作一个短小的报告吧，它准会使大家对我们的武器增强信心。可以到我的办公室里去一分钟吗？"

伟大的马尔克让双臂保持着门把手似的姿势，随着高级参议教师克洛泽走进校长办公室。进门的时候，他把军帽从毛刷一样的寸头上摘了下来，露出高高的后脑勺。一个身穿军装的中学生正准备进行一次严肃的谈话。我并没有在那里等待谈话的结果，尽管我很想知道，这只已经完全清醒、跃跃欲试的老鼠在这次谈话之后会对那只仍在匍匐前进的模型猫作何表示。

小小的不光彩的胜利：我又一次占了上风。等着瞧吧！他绝不可能也绝不愿意就此轻易地认输。我得助他一臂之力。我可以去找克洛泽谈谈，肯定会找到打动他的话的。遗憾的是，他们已经把"布鲁尼斯老爹"弄到施图特霍夫去了。他要是在这儿，肯定会用兜里那本好心的老艾兴多夫的文选助他一臂之力。

然而，谁也帮不了马尔克。假如我和克洛泽谈过，也许会有些作用。其实，我还真的和他谈了，带薄荷味的说教一句接一句地喷到我的脸上，我强忍着听了半个小时之久，然后狡黠地低声说道："校长先生,就人之常情而言,您说的也许不无道理。不过,人们不能考虑到,我是说,在这种特殊的情况下。一方面,我完全能够理解您的意思。这个因素是不可动摇的,学校的秩序嘛。任何发生过的事情都是无法挽回的。从另一方面来讲,由于他很早就失去了父亲……"

我也找古塞夫斯基司铎谈过,还找过图拉·波克里弗克,让她去和施丢特贝克及其同伙们谈谈。我又找到从前的少年团分团长,他从克里特岛①回来以后换了一条假腿,眼下在温特尔广场旁边的地方党部任职。他隔着办公室兴奋地听了我的建议,禁不住数落了一通那些教书匠:"当然,当然,我们同意。就让那个马尔克来吧。我还能大概想起他的模样。当初好像是有点什么事?他游到那边去了。好吧,我会动员各界人士参加的,包括全国少女联盟和妇女界。我们可以借用斜对面邮政总局的会议厅,准备三百五十把椅子……"

古塞夫斯基司铎准备把他那几个老妇人和十几个信奉天主教的工人召集到法衣室,因为他无权使用教区议事厅。

"为了使这个报告和教会精神更好地结合起来,您的朋友最好首先谈一谈圣乔治②,最后再介绍一下祷告在面临困难和危险时的作用和力量。"古塞夫斯基建议。他对这次报告寄予很大的希望。

我顺便还要提到那个地窖,那是施丢特贝克和图拉·波克里弗

---

① 克里特岛位于地中海,隶属希腊。1941年,德国伞兵和山地步兵以惨重的代价占领该岛。
② 圣乔治,相传为救难十四圣徒之一,军人、武器工匠和农民的守护神。

克以及他们周围那群半大孩子准备为马尔克提供的。图拉把一个名叫伦万德的家伙介绍给我,这小子在圣心教堂辅过弥撒,看上去很眼熟。他神秘地做了一些暗示,表示可以保证马尔克的行动自由,只是马尔克必须把手枪交出来:"当然,在他进来之前我们要把他的眼睛蒙上。另外,他还得宣誓严守秘密,在誓约下面签字画押。这些都不过是例行公事罢了。至于报酬嘛,自然是非常可观的,既可以付现款,也可以给军用怀表。我们决不会让人白干的。"

然而,马尔克哪儿都不愿去——有报酬也不干。我故意激他说:"你到底想要什么?别老是不满足。要么你干脆回北图赫尔,现在新的一年开始了。服装管理员和炊事长都是你的老熟人,看到你又回到他们那儿,而且还要作报告,他们准会非常高兴的。"

马尔克静静地听着各种建议,时而淡淡一笑,时而点头称道。他提了一些有关会场组织方面的事务性问题,当得知有关计划已经万事俱备时,赶紧快快不乐地断然拒绝所有建议,甚至包括地方党部的邀请。他从一开始就只有一个目标:我们学校的礼堂。他想站在透过新哥特式尖拱窗射进来的、尘土飞扬的光线中;他想冲着三百名声音时高时低地放着臭屁的中学生作报告;他想看到从前的老师那些油光锃亮的脑袋围在自己的身前身后;他想面对礼堂后墙上的那幅画像——学校的缔造者、名垂千古的封·康拉迪男爵面色蜡黄,置身于一层又厚又亮的清漆后面;他想从那两扇褐色的对开大门中的一角走进礼堂,在短小精悍、针对性强的报告结束之后,再从另外一扇门退出。但是,与此同时,克洛泽穿着带小方格的马裤站在两扇大门

142

的前面："马尔克,作为军人您应该明白。那些清洁女工并非出于什么特殊的原因才来擦洗板凳,不是为了您,也不是为了您的报告。您的计划想必已经过深思熟虑,但是在这儿却没法实现。许多人——让我把话说完——终身都喜欢昂贵的地毯,到头来却死在粗糙的地板上。您要学会割爱,马尔克。"

克洛泽做了一些让步,召集了一次校际联席会议。会议在霍尔斯特·韦塞尔中学校长的赞同下作出以下决议:"学校的秩序要求……"

后来,克洛泽又报经本市督学批准:曾在本校就学的一名学生在读书期间曾经……尽管他……然而鉴于国家正面临危急关头,不宜夸大此事的重要性,况且事情发生在几年之前。但是,因为这种情况史无前例,两校的教职员工一致同意……

克洛泽给马尔克写了一封信,纯属私人信件。他在信中告诉马尔克,自己心有余而力不足,在当今这种年代和情况下,一个富有经验的教育工作者迫于沉重的职业负担,不能简单地像慈父对待爱子那样直抒胸臆。他请求马尔克遵从故人康拉迪的遗志,为了学校的利益给予慷慨的支持。他希望马尔克能毫无抱怨地现在或者是尽快在霍尔斯特·韦塞尔中学作报告,届时他将洗耳恭听。当然,他建议马尔克拿出英雄人物应有的气魄,选择报告中精彩的部分而省去多余的话。

伟大的马尔克来到一条林荫大道。这条大道很像奥利瓦区宫廷花园的那条荆棘丛生、没有飞鸟、近似隧道的林荫大道。尽管没有岔路,它却仍像一座迷宫。白天,马尔克不是睡懒觉就是和他姨妈下跳棋,要么则百无聊赖地等待假期的结束;夜里,他和我在朗富尔区到处转悠,我跟在他的身后,从不超前一步,也很少与他并肩同行。我们并不是毫无目的地瞎转:那条林荫大道正是克洛泽校长住的鲍姆巴赫大街,这里清静、幽雅,防空条例得到了认真的执行,是夜莺栖息的地方。我跟在他的军衣后面,感到十分疲倦:"别胡闹了。你明明知道事情成不了。这对你究竟有什么意思呢?想一想,你一共才有几天的休假,在这儿还能待上几天?算了吧,别再胡闹了……"

尽管我在伟大的马尔克身后喋喋不休地唠叨,他那对招风耳里却响着另外一支曲子。我们陪着鲍姆巴赫大街的两只夜莺一直转悠到凌晨两点。克洛泽校长曾有两次从我们身边走过,因为有人陪着,我们只好放他过去。在潜伏了四夜之后,他终于在第五夜约莫十一点钟单独一人从黑色大道朝鲍姆巴赫大街走来。他仍然穿着那条马裤,但没有戴帽子,也没穿外套——夜风清爽宜人——他的身影显得又高又瘦。伟大的马尔克伸出左手一把揪住克洛泽系着便衣领带的衣领,将这位教育工作者推到一堵颇具艺术性的铁围栏上面——由于天黑的缘故——围栏后面盛开的玫瑰发出的响声很大,甚至超过了夜莺的歌声,浓烈的香气扑鼻而来。马尔克接受了克洛泽在信中所给的忠告,选出报告中精彩的部分,并以英雄人物的气魄省去任何废话,用手心和手背照着校长那张刮得溜光的脸来了个左右开弓。他们双方顿时都呆若木鸡,只有那两声噼啪的响声生动而意味深长。克洛泽紧闭着他那张小嘴,以免玫瑰香和薄荷味互相串了味。

事情发生在星期四,前后不到一分钟。我们让克洛泽站在铁围栏跟前。马尔克首先转身走了,那双大头皮靴重重地踏在砾石铺成的人行道上。两旁的红枫枝叶茂盛,密不透光,越向上越黑。我想向克洛泽赔礼道歉——为了马尔克,也为我自己。挨打者摆了摆手,把身子挺得笔直,看上去已经不像挨过打的样子。在折断的花朵和偶尔传来的几声鸟鸣的支持下,他那黑黑的身影代表着教育机构、学校、康拉迪的捐赠、康拉迪的精神和康拉迪门馆——这些都是我们中学的雅称。

从那个地方和那一分钟起,我们俩跑过好几条无人居住的郊区大道,谁也不再提起克洛泽的事。马尔克毫无感情色彩地自言自语,说的净是一些常常使他——在一定程度上也使年龄与他相仿的我——感到困惑的问题。例如:人死之后是否还有生命?你相信灵魂转世吗?马尔克说道:"最近我看了许多克尔恺郭尔①的著作。你以后无论如何也要读读陀思妥耶夫斯基的书,特别是等你到了俄国之后。你会从中悟出很多东西,诸如精神气质,等等。"

我们常去施特里斯河上的那几座小桥,这条河其实只是一条蚂蟥成群的水沟。趴在栏杆上等水耗子露面是件很惬意的事。每座小桥都可以引出一连串的话题:从枯燥无味的迂腐之论、学生腔十足的老生常谈到现代军舰的装甲厚度,从军舰的装备、航速到宗教以及所

---

① 克尔恺郭尔(1813—1855),丹麦哲学家和神学家,被认为是存在主义哲学的创始人。

谓的最终问题。在又窄又短的新苏格兰桥上,我们久久地抬头仰望布满繁星的六月的夜空,然后各自怀着心事低头俯视这条小溪。从啤酒股份公司的蓄水池里流出来一泓溪流,在空罐头盒上激起一道道浪花,带来了一股酒香。马尔克低声说道:"我当然并不相信上帝。这都是愚弄老百姓的惯用骗术。我相信的只有圣母玛利亚。因此,我绝不会结婚。"

这几句在桥上说的没头没脑的话使人感到纳闷,但我却牢牢地记住了。后来,每当我看到一条小溪或一座架在水渠上的小桥,每当桥下不断传来汩汩的流水声,每当一些不守规矩的人从桥上扔进小溪或水渠的破烂溅起一道道浪花时,在我身边就会出现脚蹬大头皮靴、身穿坦克服和马裤的马尔克。他将脑袋探出栏杆,使脖子上那枚硕大的玩意儿垂直地悬吊着,以他那坚定不移的信仰既严肃又像小丑似的炫耀着对于猫和鼠的胜利:"当然不信上帝。愚弄百姓的骗术。只信玛利亚。绝不结婚。"

他冲着施特里斯河说了很多很多。我们也许绕着马克斯·哈尔伯广场转了十圈,在军队牧场大街往返走了十二趟。我们在五路电车终点站踟蹰不前,饥肠辘辘地看着男乘务员和头上烫着波浪的女乘务员坐在玻璃涂成蓝色的车厢①里,正凑着保温杯啃黄油面包。

……有一次,开过去一辆电车,可能就是图拉·波克里弗克的那一辆。因为妇女也必须参加战时义务服务,她已经干了好几个星期

---

① 战争时期,按照防空条例,所有车辆的玻璃必须涂成蓝色。

电车售票员,这会儿恐怕正歪戴着船形小帽坐在车里。要是她真的在五路电车上服务,我们肯定会跟她打招呼的,我还要和她约定一个见面时间。但是,我们只能透过涂成蓝色的玻璃隐约地看见一个瘦小的侧影,因此无法肯定是不是她。

我说:"你真该找她试一试。"

马尔克凄切地说道:"不是告诉过你吗,我不打算结婚。"

"她会使你改变想法的。"

"那么以后谁又能够使我再次改变想法呢?"

我想开个玩笑,说道:"当然是圣母玛利亚。"

他踌躇不决地说道:"要是她生气了呢?"

我鼓励说:"如果你愿意,我明天一早就去为古塞夫斯基辅弥撒。"

"一言为定。"他突然很快地说道,然后就朝那辆电车走去。车窗里那个女售票员的侧影一直让人疑心是图拉·波克里弗克。在他登上电车之前,我喊道:"你还有几天休假?"

从车门里传出伟大的马尔克的声音:"我的火车在四个半钟头以前就开出了,要是途中不出问题,现在已经快到莫德林了。"

第 十 三 章

　　"愿上帝怜悯和宽恕你们的罪过……"①祷文从古塞夫斯基司铎那张噘起的嘴中飘出,仿佛是一串五彩缤纷的肥皂泡轻盈地从一根看不见的麦秆里吐了出去。它们摇摇晃晃、飘飘扬扬地向上升起,映出了玻璃窗、圣坛和圣母玛利亚,映出了你、我、一切、一切。当祝祷进行到节骨眼的时候,肥皂泡突然不痛不痒地破碎了:"愿上帝体恤、赦免和宽恕你们的罪过……"②那七八个信徒刚刚用他们的"阿门"声刺破这些飞扬起来的气泡,古塞夫斯基便举起了圣饼,用完美的口型使一个在气流中战战兢兢的硕大的肥皂泡继续膨胀,最后用淡红色的舌尖将它送出。气泡缓缓上升,然后降落下来,消失在圣母祭坛前面第二排长凳的附近:"请看上帝的羔羊……"③

---

① 原文为拉丁文。这是天主教弥撒仪式上请求上帝宽恕的固定祷词。
② 原文为拉丁文。这是神甫分发圣餐前恳请上帝宽恕的另一段祷词。
③ 原文为拉丁文。这是神甫分发圣餐时常用的提示语。

没等"主啊,你到舍下,我不敢当……"①重复完三遍,马尔克便第一个跪倒在圣餐长凳前。我引着古塞夫斯基走下圣坛台阶,来到圣餐长凳前面。此时,他早已把头向后仰起,那张瘦削的面孔因睡眠不足而略显憔悴,几乎与圣母院白色的水泥天花板保持平行,舌头把两片嘴唇隔开。神甫用分给他的圣饼在他头上匆匆地画了一个小小的十字,就在这当口儿他的脸上沁出了汗珠。晶莹闪亮的汗珠在毛孔上再也站不住了。他没有刮过脸,浓密的胡茬儿把汗珠割得四分五裂。干涩无神的眼睛向外凸出。他的脸也许是在黑色坦克服的衬托下才显得如此苍白。尽管舌头上积起了唾液,他也没有向下吞咽。那件铁质物品是对击毁多辆俄国坦克和那些幼稚的涂鸦的报酬。它不偏不斜地正好垂在最上面那颗纽扣的上方,对眼前的事儿显得无动于衷。古塞夫斯基司铎将圣饼放在约阿希姆·马尔克的舌头上。你这才为了吃下这块薄薄的面饼不得已地做了一次吞咽的动作。那块金属在这一过程中也做了相应的动作。

让我们三个人重新相聚,一次又一次举行这件圣事吧!你跪着,我站着——皮肤干燥。你的汗水将毛孔扩大。古塞夫斯基把圣饼放在厚厚的舌苔上。我们三个刚刚和谐地说完同一个词,便有一种装置将你的舌头收了回去,两片嘴唇重新合在一起。你的吞咽动作引起了连锁反应,那枚硕大的物体随之颤抖起来。我知道,伟大的马尔

---

① 引自《圣经·新约·马太福音》第八章第八节。按天主教传统,在分发圣餐前,教徒们需集体诵读这段引文。

克将精神振奋地离开圣母院,他的汗水很快就会蒸发干的。如果说他的面颊后来重又变得湿润,闪闪发光,那是让雨水淋湿的。圣母院的外面下起了毛毛细雨。

古塞夫斯基在干燥的法衣室里说:"他大概会等在门外。咱们是不是把他叫起来,但是……"

我说:"您不用管了,司铎大人。我会关照他的。"

古塞夫斯基用双手在衣柜里摆弄着薰衣草香袋:"他该不会干出什么蠢事吧?"

他穿着法衣站在那里,我也没有过去帮他脱:"司铎大人,您最好还是别操这份心了。"当身穿军服的马尔克湿淋淋地站在我面前时,我对他说:"喂,傻瓜,你还待在这儿干吗? 我看,你还是去霍赫施特里斯①找找前线调配处吧。想点什么理由,解释一下超假的原因。我可不想管这份闲事。"

说完这番话之后,我本该马上离开,可是我并没有走,雨水打湿了我的衣衫:分离不在雨天嘛。于是,我又试着好言相劝:"他们不会处罚你的。你可以说,你姨妈或母亲出了点什么事。"

我每一次停顿,马尔克总是点点头。他时而咧开嘴巴干笑一声,时而谈兴大发:"昨天和图拉玩得真痛快。我可真没想到,她和过去大不一样了。说句实话,是因为她,我才不想再走的。再说,我已经尽过自己的义务了,你说是吗? 我准备提交一份申请。他们尽管把

---

① 设在朗富尔区的军营。

我发配到大博什波尔①当教官好了。那帮人恐怕又开始嚼舌头了。我倒不是害怕,只不过有些厌烦了,懂吗?"

我可没有听信这一套,紧紧缠住他不放:"哦,原来是为了图拉。可是,那天车上的小妞并不是她!她在开往奥利瓦区的二路电车上,而不是五路。这儿的人都知道。你害怕了吧——这我能理解。"

他坚持说自己和她干过那件事儿:"和图拉的事你就相信好了。我还上她家去过呢,就在埃尔森大街。她母亲假装什么都没看见。不过,我可不想再去了,这是真的。也许我真是害怕了。在望弥撒之前,我的确有点儿空虚,现在已经好多了。"

"记住,你并不信上帝。"

"这与此事毫无关系。"

"那好吧,当初你游到那边去了,现在你该怎么办呢?"

"也许可以去找施丢特贝克和他那帮家伙。你不是认识他们吗?"

"别提他们了,亲爱的,我和这帮人早就断了联系,以免招惹是非。既然你和图拉那么有缘分,还去过她家,倒不如向她讨教一番……"

"你要知道,我现在已经不能再在东街露面了。要是他们还没有去过那儿,那也绝不会再拖多久的。说真的,我能不能在你们家的地窖里躲躲? 就待几天。"

---

① 大博什波尔,波兰小镇,靠近战前的德波边界。

我当时不想多管闲事:"你还是另外找个藏身之地吧。你们家在乡下不是有亲戚吗? 图拉家也不错,她舅舅有个木匠棚……再不,就到沉船上去。"

　　这句话引起了一阵沉思。事情就这么一锤定音了,尽管马尔克还说:"在这种鬼天气吗?"我费了不少口舌,把恶劣的天气也作为一条理由,执拗地拒绝陪他到沉船上去。但是,当时的情势却迫使我非和他同行不可:分离不在雨天嘛。

　　我们花了一个小时,从新苏格兰区跑到舍尔米尔区,然后又跑回来,沿着波萨多夫斯基路向南。路边有一些广告柱,贴着许多号召人们勤俭节约的招贴。我们至少在两个广告柱的背风处猫了一会儿,接着又继续跑。从市立妇科医院大门向西望去,我们看到了一番熟悉的景象:在铁路路基和果实累累的栗子树后面,康拉迪完全中学的山墙和穹形屋顶显得坚不可摧。但是,他对此视若无睹;也许,他正盯着别的什么。后来,我们俩在帝国殖民地火车站的候车室里待了半个钟头,三四个小学生也待在那个哗啦哗啦直响的铁皮屋顶下面。那几个小家伙有的在互练拳击,有的在长凳上挤来挤去。马尔克把背转向他们,这也无济于事。两个男孩捧着打开的练习本走了过来,他们说的是侉味十足的但泽方言。我问道:"你们没课吗?"

　　"九点才上课呢,去不去随我们的便。"

　　"拿过来吧! 喂,快点!"

　　马尔克分别在两个本子最后一页的左上角写下了他的姓名和军

衔。那两个男孩并不满足,还要他精确地写出击毁了多少辆坦克……马尔克只得依从他们,像填写邮局汇款单那样先写上数字,再写上字母。他后来还用我的钢笔又为另外两个男孩签了名。我刚要从他手里拿过笔来,一个男孩又发问了:"您是在哪儿干掉那些坦克的? 是在别尔哥罗德①还是在日托米尔②?"

马尔克本该点点头,就算完事了。可是,他却用沙哑的声音低声说道:"不,小家伙,大多数是在科韦耳、勃罗得和布列查尼③一带。四月,我们在布查茨④追上了第一坦克军团。"

我不得不再次拧下笔帽。这几个男孩想把这些全都记下来,吹起口哨把另外两个学生从雨中唤进了小小的候车室。有一个男孩一直默默地弯着腰,用自己的后背作写字台。这会儿他想直直腰,把自己的本子也递了过来,可是大伙儿都不答应:总得有人顶着嘛。马尔克用颤抖得越来越厉害的字迹——闪光的汗珠又从毛孔里渗了出来——写下科韦耳、勃罗得、布列查尼、切尔卡塞⑤、布查茨等地名。这些脸上油光光的男孩又开始提问:"您去过克里沃伊罗格⑥吗?"每个人都张着嘴巴,嘴里的牙齿残缺不全。他们的眼睛像祖父,他们的

---

① 别尔哥罗德,苏联城市。1943 年 7 月,德军向驻扎在库尔斯克的苏军发动进攻,史称"库尔斯克战役"。

② 日托米尔,苏联城市。1943 年年底,德苏双方曾在该城激战。

③ 均为苏联乌克兰西部城镇。"库尔斯克战役"期间曾在这些地方激战。

④ 布查茨,地名,以前隶属波兰塔诺波尔省,战后划归苏联。

⑤ 切尔卡塞,苏联第聂伯河下游城市。德军的七个师曾被困在这里,1944 年 2 月,付出了重大代价才突出重围。

⑥ 克里沃伊罗格,苏联乌克兰南部城市。

耳朵则像母亲家的人。每张脸上都有一对鼻孔:"你们现在驻扎在什么地方?"

"喂,瞧你问的是啥? 这种事儿他是绝对不能说的!"

"你敢打赌入侵①的事是真的吗?"

"得了,你还是等到战后再打赌吧。"

"咱们问问他是不是在元首手下干过。"

"叔叔,您在元首手下干过吗?"

"瞧你问的,你没看见他只是一名下士吗?"

"您身上带着自己的照片吗?"

"我们收藏这类物品。"

"您还有几天假?"

"是啊,还有几天呢?"

"明天您还来这儿吗?"

"您就说假期哪天结束好了。"

马尔克不耐烦地夺路而走。学生们的书包绊得他跟跟跄跄。我的钢笔忘在那间小屋里了。我们在斜风细雨中一路小跑,肩并肩地跨过一个个水坑:分离不在雨天嘛。我们直到跑过运动场才算把那帮男孩甩掉。他们在后面又叫喊了好一阵子,毫无去上学的意思。直到今天,他们还一直惦记着要把那支钢笔还给我。

跑过新苏格兰区,我们总算能在小果园之间安安静静地喘口气

---

① 指盟军 1944 年 6 月 6 日在法国诺曼底登陆。

了。我不由得无名火起,像下命令似的用食指点着那颗该死的"糖块"。马尔克动作迅速地把"糖块"从脖子上摘了下来。它也像几年前的改锥一样系在一根鞋带上。马尔克想把它送给我,然而我把手一摆:"谢谢,我可不感兴趣。"

他并没有把那块铁扔进潮湿的灌木丛,而是塞进了后裤兜。

我是怎样离开那儿的呢?临时搭起的篱笆后面长着尚未成熟的醋栗,马尔克用双手摘了起来。我考虑着合适的托词。他往嘴里塞着醋栗,吐出果壳。"你先在这儿等半个钟头,无论如何也得带上干粮,否则在沉船上可待不了多长时间。"

假如马尔克说:"你得快点儿回来!"我准会溜之大吉的。当我开始移动脚步时,他几乎连头都没点一下,十个手指摆弄着篱笆之间的树枝,那张塞得满满的嘴迫使我收住了脚步:分离不在雨天嘛。

开门的是马尔克的姨妈。他母亲恰好不在家。其实,我完全可以从我家里取些吃的东西,但转念一想:他要家做什么呢?我想看看他的姨妈有何反应。令人失望的是,她扎着围裙站在我面前,竟然连一个问题也没有提。从敞开的门里飘出一股气味,足以使人的牙齿麻木:马尔克家正在炖大黄①。

"我们想为约阿希姆举办一个小型庆祝会。喝的东西倒是绰绰有余,但我们要是饿了……"

---

① 一种耐寒的多年生植物,可以入药。

她一声没吭，从厨房里取来两听一公斤重的油焖猪肉罐头。她还拿来了一把开罐器，但并不是马尔克从沉船里摸上来的那一把。那一把开罐器是他在船上的厨房里和蛙腿罐头一起找到的。

　　当她在厨房反复考虑拿什么东西好时——马尔克家的餐柜总是满满的，他家有几个乡下亲戚，想要什么只管伸手——我不安地站在过道里，两眼盯着马尔克的父亲和司炉拉布达的宽幅照片。机车尚未生火。

　　他的姨妈拿来一只网兜，用报纸包好罐头，对我说："吃这种油焖肉，一定要先热一热，要不然肉太硬，下了肚没法消化。"

　　如果我临走时问她一声，是否有人来打听过约阿希姆的消息，回答肯定是否定的。但是我什么也没问，只是在门口说了一句："约阿希姆让我向您问好。"实际上，马尔克甚至连让我向他母亲问好的意思都没有。

　　雨仍在下着。当我回到小果园，站在他的军装前面时，他并不急于打听什么。我把网兜挂在篱笆上，搓着被勒痛的手指。他照旧在吃着尚未成熟的醋栗，这使我不由得像他姨那样关心起他的身体来了："你会把胃吃伤的！"但是，当我说完"咱们走吧"之后，他又从果实累累的树枝上摘了三大把，将裤兜塞得满满的。我们在新苏格兰区绕着狼街与熊街之间的居民区走了一圈，他一边走一边吐出坚硬的果壳。当我们站在电车后面一节车厢的平台上时，他还在不停地往嘴里塞。电车左侧可以看到烟雨蒙蒙的飞机场。

他的醋栗使我大为恼火。雨势渐渐减弱，灰色的云层变成了乳白色。我真想跳下电车，让他一个人在车上继续吃他的醋栗。但是，我只是说道："他们两次到你家打听过你，是些穿便衣的家伙。"

"是吗?"马尔克仍然朝着平台的板条格垫上吐醋栗壳。——"我母亲呢? 她知道吗?"

"你母亲不在家，只有你姨妈在。"

"她肯定是上街买东西去了。"

"我想不是。"

"那么就是在席尔克帮着熨衣服。"

"可惜，她也不在那儿。"

"想吃几个醋栗吗?"

"她被接到霍赫施特里斯去了。这件事我本来不想告诉你。"

快到布勒森时，马尔克总算吃光了醋栗。但是，当我们走在被雨水冲刷出许多图案的沙滩上时，他还在两个湿透了的裤兜里摸索着。伟大的马尔克已经听见了海浪拍击沙滩的声音，看见了湛蓝的波罗的海、依稀可辨的沉船和停泊场内的几艘轮船。地平线在他的两个瞳仁里画出一条横线。他说："我不能游了。"这时我已经把鞋子和裤子脱了下来。

"你别胡扯好不好。"

"真的不行，我肚子痛得厉害。都是那些该死的醋栗。"

我禁不住动起火来，骂骂咧咧地翻着衣兜，总算在上衣口袋里翻出一马克和几芬尼。我攥着这点儿钱跑到布勒森浴场，在老克莱夫特那里租了一条小船,租期为两小时。实际上这件事并不像写起来那么简单,尽管克莱夫特只是随便问了几句,而且还帮我把船推下了水。当我把小船划过来时,马尔克正穿着坦克服在沙滩上打滚。为了让他站起来,我不得已踹了他几脚。他浑身颤抖,汗流满面,双手握成拳头顶住胃窝。我至今还是不相信他当时真是肚子痛,尽管他的确空腹吃了许多半生不熟的醋栗。

"起来,上沙丘后面去拉一泡,快点儿!"他弓腰曲背地走着,脚在沙滩上拖出了两条深沟,然后消失在野燕麦的后面。我也许本来可以看到他的船形军帽,但我却一直注视着防波堤,尽管那儿并没有来往的船只。马尔克回来的时候仍然弯着腰,可他却帮着我将小船推下了水。我扶他坐到小船的尾部,将装着两听罐头的网兜放在他的怀里,又把报纸包着的开罐器塞入他的手中。船驶过第一片沙洲,又驶过第二片沙洲,海水的颜色逐渐变深。我说:"现在该你划几下了。"

伟大的马尔克连头都没摇一下。他仍弓着腰,紧紧地攥着包在报纸里的开罐器,两眼直勾勾地看着我——我们面对面地坐着。

从那时起,我一次都没有再坐过划桨小船。然而,我总觉得,我们一直是面对面地坐着:他的手指不停地摆弄着手里的东西。脖子前面空无一物。军帽戴得端端正正。沙粒从军服的褶皱中间滑落下来。虽然没有下雨,他的额头却挂着水珠。每一条肌束都绷得紧紧的。眼珠鼓得像要脱落出来。鼻子不知和谁调换过了。双膝瑟瑟发抖。海面上没有猫,但是老鼠却在逃窜。

当时的天气不算冷。只有当云层被撕裂,阳光穿过云缝照射下来时,才会落下星星点点的阵雨。雨水飘落在风平浪静的海面,也淋湿了我们的小船。"你还是划几下吧,这样可以热热身子。"从船尾传来一阵牙齿咯咯打战的响声。他的话钻出牙缝,伴随着断断续续的叹息来到了世界上:"……要是事先有人提醒我一下,结果绝不至于这样。都是因为那次恶作剧。本来我完全可以作一个精彩的报告,谈谈坦克瞄准器、空心榴弹以及迈巴赫①发动机呀什么的。我作为坦克射手,老得爬出去检查螺栓,就连射击时也不例外。我不光是谈我自己,还要谈我父亲和拉布达,简要地叙述一下发生在迪尔绍附近的车祸,讲讲父亲当时是如何以身殉职的。我坐在瞄准器前面,总是想着我父亲。他死时,竟然没有举行终傅仪式②。谢谢你当时为我弄来了蜡烛。啊,这是纯洁的友谊,它使你的光彩永不消退。你去为我说情,真叫我备受感动。无限的爱,无限的恩赐。在库尔斯克北部,当我第一次参加战斗③时,这一点就已经得到了证明。苏军在奥廖尔的反攻④使我们陷入了困境。八月,在沃尔斯卡拉河⑤畔,圣母玛利亚显灵了。战友们都觉得好笑,怂恿随军神甫拿我开心。我们毕竟守住了前线阵地。可惜的是,我后来被调到中段战场,否则哈尔

_____

① 迈巴赫(1846—1929),德国工程师,他与齐伯林飞艇的创造者齐伯林伯爵
    (1838—1917)创建的迈巴赫发动机公司专门生产大功率发动机。第二次世界
    大战中,德军的坦克大多使用它的产品。
② 基督教圣事之一,即为临终者祝祷并在他身上涂橄榄油。
③ 即1943年7月的"库尔斯克战役"。
④ 1943年8月5日,苏军击溃库尔斯克以北的德军,收复了奥廖尔。
⑤ 第聂伯河的一条支流。

科夫①绝不会那么快就……不出我所料,我们在科罗斯田②对付五十九军团的时候,她又一次出现了。她从未将圣婴带在身边,却总是拿着那张照片。您知道吗?校长先生,那张照片就挂在我们家的过道里,紧挨着搁刷鞋用具的小口袋。她没有把照片捧在胸前,而是比胸口低得多。我清清楚楚地看见了上面的机车。我只需要瞄准父亲和司炉拉布达之间的空隙。四百米。直射!你肯定见过,皮伦茨,我瞄准的是炮塔和车身之间的地方,这儿是透气的地方。不,校长先生,她什么也没有说。我说的是实话,她不需要对我说任何话。证据?我刚才讲过,她手里拿着一张照片。咱们还是以数学为例吧。您讲课的时候,可以假设两条平行线在无穷远的地方相交,因此便会产生某种类似于超验的感觉。这一点您必须承认。在卡萨廷③东面进行战前准备时,我就有过这种体会。那是圣诞节的第三天。她以每小时三十五公里的速度从左侧向林区移动。我必须时刻注意……喂,皮伦茨,左边多划两下!咱们已经偏离沉船了。"

起初,马尔克的牙齿咯咯直响,但很快就得到了控制。在介绍他的报告内容的同时,他一直注视着小船的航向,并且不时地指点我调整速度。我的额头挂满了汗珠,他的毛孔也流干了汗水。划船的时候我一直不敢肯定,除了昔日常见的海鸥之外,他是否在不断变大的舰桥上方还看见了什么东西。

---

① 1943 年 8 月 22 日,苏军收复了位于库尔斯克以南的城市哈尔科夫。
② 科罗斯田,位于基辅西北的小城。
③ 卡萨廷,苏联乌克兰小镇,位于基辅西南。

我们快要靠上沉船时,他在船尾轻轻抬起屁股,漫不经心地摆弄着剥去纸的开罐器。他不再嚷着肚子痛了。他在我前面跳上了沉船。我拴好小船之后,看见他正用双手在脖子前面忙活:从后裤兜里掏出来的那颗硕大的"糖块"重新挂了起来。太阳钻出了云层。马尔克搓搓双手,伸展四肢,然后迈开占领者的步伐,神情庄严地在甲板上走了起来。他嘴里轻声地念着一段连祷文,频频地向空中的海鸥招手,像是在扮演那个经历了多年冒险生活后此时重归故里的快活大叔①。他把自己作为礼物,准备庆祝久别重逢:"喂,孩子们,你们还是老样子嘛!"

我没有心思和他一起穷开心:"快点,快点!这条小船老克莱夫特只借给我用一个半钟头,起初他只答应借一个钟头。"

马尔克立刻一本正经起来:"哦,遵命。岂能耽误游客。哎,那条旧船陷得可真不浅啊,就是油轮旁边那条。我敢打赌那是一条瑞典船。你要是愿意搞清楚,咱们今天就可以划过去,天一黑下来就动身。你看,你是将近九点钟划过来的。我这点儿要求总不算过分吧,是吗?"

在能见度那么差的天气,要想看清停泊场里那条货轮的国籍当然是不可能的。马尔克一边瞎唠叨,一边慢吞吞地脱下衣服。他首先提到图拉·波克里弗克:"实话告诉你吧,她纯粹是个贱货。"接着,他又数落起古塞夫斯基司铎来,"据说,这家伙常常倒卖布料,就

---

① 指奥德修斯。

连圣坛上的台布都不放过。他还利用配给证干这种勾当,物质调配局的一名检查员正在调查此事。"他还对他的姨妈大发议论:"有一点必须承认,她和我父亲还是孩子的时候就彼此了解,那会儿两人都还住在乡下。"他突然又说起了关于火车头的老话:"你走前可以再去一趟东街,把那张照片带出来,镜框拿不拿倒无所谓。不,还是让它挂在那里吧。带出来反倒是个累赘。"

马尔克穿着红色的体操裤,它体现着母校的校风。他把军服小心翼翼地叠成符合规定的小包,整齐地摆在他的专用地盘——罗经室后面。两只大头皮靴像临睡之前那样放在一起。我又提醒道:"东西都齐了吗? 罐头,还有开罐器。"他把勋章从左侧移到右侧,开始重演学生时代的老把戏,旁若无人地饶起舌来:"阿根廷'莫雷诺'号战列舰吨位多少? 船速多少? 吃水线装甲厚度? 制造年代? 何时改装?'维多利奥·威尼托'号①有几门一百五十毫米火炮?"

我懒洋洋地回答着提问,心里暗暗为自己还能掌握这套把戏而感到高兴。"是不是把两听罐头一块儿带下去?"

"试试看吧。"

"别忘了带开罐器! 喏,就在这儿。"

"你就像母亲似的关心我。"

"我要是你呀,这会儿就不慌不忙地下去了。"

"当然,当然。这些东西过不了多久就会烂掉的。"

---

① 1940 年编入现役的意大利新型战列舰,1941 年 3 月 28 日受到英国海军的重创。

“你又不是在这儿过冬。”

“好在这个打火机还挺灵,下面的汽油足够用的。”

“你最好别把那玩意儿扔掉,兴许还能当纪念品作价变卖,这事儿谁也说不准。”

马尔克将那样东西从一只手抛到另一只手。他离开舰桥,用脚尖一点一点地探索着舱口,两只手仍然轮流把玩着那样东西,尽管他的右臂上挂着装了两听罐头的网兜。他的膝盖两侧溅起白色的浪花。阳光又一次破云而出,他的颈斜方肌和脊柱向左侧投下了阴影。

“快到十点半了吧,没准儿已经过了呢。”

“水不像我想的那么凉。”

“雨后总是这样。”

“我估计,水温十七度,气温十九度。”

一条挖泥船正在导航浮标前方的航道上作业。我们正好在它的上风处,因此对机器的噪音只能依靠想象。马尔克的老鼠也只存在于我的想象之中,因为他在用脚探到舱口的边缘之前,一直都是背朝着我。

我一直用一个自己琢磨出来的问题折磨自己的耳朵:他下去之前还说过什么话吗?我模模糊糊地记得,他从左侧转过脸来,瞟了一下舰桥,然后迅速下蹲,弄湿身体,红色的体操裤在水中顿时变得黯然无光,他用右手提起装着两听罐头的网兜。那颗“糖块”呢?它没有挂在脖子上。莫非他悄悄地把它扔了?哪条鱼会把它给我找回来呢?他是不是又回头说了些什么?朝着空中的海鸥?朝着海岸?朝着停泊场里的旧船？他可曾诅咒过啮齿目动物？我不相信你曾经说过："好吧，晚上见！"他脑袋在前，拎着两听罐头钻入水中，滚圆的脊背和屁股跟在颈项的后面消失。一只皮肤白皙的脚蹬出水面，舱口上方荡漾着一圈涟漪。

我把脚从开罐器旁边移开。我和这把开罐器一起留了下来。我真想立刻回到小船，解开缆绳划走："没有我，他也会想出办法的。"但是，我没有离开，而是开始计算时间。导航浮标前面的那条挖泥船有几个移动式履带抓斗，我用它作为计时工具，紧张地跟着它数数：锈迹斑斑的三十二秒、三十三秒；挖出淤泥的三十六秒、三十七秒；运转吃力的四十一秒、四十二秒；四十六秒，四十七秒，四十八秒，挖泥船的抓斗终于完成了提升、翻倒和重新入水这一连串的动作。它的任务是加深通向海港入口的航道，它也为我计时提供了帮助。马尔克想必已经带着那两听罐头到达了目的地，钻进了波兰"云雀"号扫雷艇的那间露出水面的报务舱。他没有带开罐器，那颗硕大的、甘苦兼而有之的"糖块"或许在他身上，或许不在。

即使我们没有约定以敲击为信号，你也是可以在下面敲击铁板的。挖泥船一连为我数了两个三十秒。怎么说呢？根据清醒的估计，他肯定是……海鸥骚动起来，在沉船和天空之间飞出各种图形。有些海鸥不知何故突然掉头飞开，这可把我给激怒了，开始猛击舰桥的铁板，先是用我的鞋跟，然后又用马尔克的大头皮靴：铁锈大块大块地剥落，灰白色的海鸥粪变成碎屑，随着敲击的节奏翩然飞舞。皮伦茨把开罐器攥在手里，一面敲一面喊："上来吧，伙计！开罐器还在上面呢,开罐器……"我胡乱敲打喊叫一阵之后,又改为有节奏地敲打喊叫。可惜我不会摩尔斯电码,只能单调地敲着:咚、咚——咚、咚、咚;咚、咚——咚、咚、咚。我的嗓子喊哑了:"开——罐——器!开——罐——器!"

在那个星期五,我真正体会到了什么是沉寂。海鸥掉头飞走,四周一片沉寂;风儿卷走了一条正在作业的挖泥船的机器噪音,四周显得更加沉寂;约阿希姆·马尔克对我的叫喊毫无反应,四周则最最沉寂。

我独自划着小船回去了。在离开沉船之前,我把开罐器朝挖泥船扔了过去,但是没有击中它。

我扔掉了开罐器,划着小船回去了。我把小船还给渔夫克莱夫特,又补交了三十芬尼,并对他说:"晚上我也许还要用船。"

我扔掉了开罐器,把小船摇了回去,还了船,补交了款,还想再去一次,登上电车,像人们常说的那样"打道回府"。

我没有直接回家,而是在东街按响了门铃。我什么也没问,只是把机车的照片连同镜框一块要了过来,因为我分别对他和渔夫克莱夫特说过:"晚上我也许还要来……"

当我拿着那宽幅照片回到家时,我母亲刚刚做好了午饭。火车车厢制造厂护厂队的一个头头同我们一起就餐。餐桌上没有鱼。菜盘旁边放着国防军地区指挥部寄给我的一封信。

我把那张入伍通知书读了又读,母亲在一旁哭了起来,弄得护厂队的那位先生十分尴尬。"星期日晚上才出发呢!"我说,然后毫不顾忌那位先生,问道,"你知道爸爸的双筒望远镜放在哪儿吗?"

我带着这架双筒望远镜和那张宽幅照片乘车来到布勒森,不过,那是在星期六的上午,而不是在事先说好的当天晚上。那天,雾气弥漫,天又下起雨来了,能见度很差。我在海滨沙丘找到一处最高点:阵亡将士纪念碑前面的空地。我站在石碑基座的最高一级台阶上——尖塔托着一颗被雨水淋黑的金球威严地耸立在我的头顶上方——把望远镜端在眼前望了起来,不说有三刻钟,起码也有半个钟头。直到眼前的一切变得模糊不清,我才放下望远镜,把视线投向近处的野蔷薇树丛。

沉船上没有任何动静。两只大头皮靴仍然放在原处。海鸥又飞回锈迹斑斑的沉船上空。它们在舰桥上歇脚,为甲板和皮靴扑粉着妆。可是,海鸥又能说明什么呢?停泊场里仍然只有前一天的那几条旧船,其中并没有瑞典的,甚至没有一条中立国的。挖泥船几乎仍在原处。天气看来有转好的可能。我再一次像人们常说的那样"打道回府"。母亲帮我装好纸板箱。

我打点行装,把那张宽幅照片从镜框里取了出来。因为你没有提出特别的要求,我便把它搁在箱底。在你父亲、司炉拉布达和你父亲那辆尚未生火的机车上面,我摆上了衬衣、衬裤、日常用品和我的日记本——这本日记后来在科特布斯同照片和信件一起遗失了。

谁来为我写一个精彩的结尾呢?这个由猫与鼠开始的故事直至

今天仍像芦苇荡里的凤头鹏鹏一样折磨着我。我若是回避大自然，科普影片则会向我展示这种机灵的水鸟。《每周新闻》曾经报道过在莱茵河里打捞拖轮，在汉堡港进行水下作业，炸毁霍瓦尔特造船厂附近的地堡，探明空投水雷的位置。男人们戴着闪闪发光的圆顶头盔潜入水中，然后又钻了出来；手臂纷纷伸向他们，拧开螺丝，揭下了潜水员头盔。但是，伟大的马尔克从来没有在亮光闪烁的银幕上点过一支香烟；吸烟的总是其他的人。

无论哪个马戏团来此演出，他们都能赚到我的钱。我差不多认识他们中间的每一个人。我还经常在宿营车后面和这个或那个小丑进行私下交谈。这些先生往往毫无幽默感，都说从未听过有一个名叫马尔克的同行。

一九五九年十月，我来到雷根斯堡，想参加战争幸存者的聚会①，他们像你一样都是骑士十字勋章的获得者。我必须说出这件事吗？人们不让我进入会场。联邦国防军的一个小乐队也许正在演奏，也许正在休息。负责会场警戒的是一名少尉。趁着乐队休息的时候，我请他从讲台上喊你出来："马尔克下士，门口有人找！"——但是，你并不愿意露面。

---

① 雷根斯堡，德国巴伐利亚州一城市，1959 年 10 月 24 日至 25 日，联邦德国"骑士十字勋章获得者联合会"在此举行集会。

KATZ
UND
MAUS